赤川次郎ショートショート王国

観覧車

Kanransha
Akagawa Jiro
Short Short OUKOKU

赤川次郎

光文社

観覧車

赤川次郎ショートショート王国

観覧車

赤川次郎ショートショート王国

目次

装丁　泉沢光雄
装画　カシワイ

ある日のデパート

Kanransha

Akagawa Jiro
Short Short OUKOKU

その日は、人をびっくりさせることから始まった。

といっても、相手は自分の女房で、朝の六時に起き出した大野《おおの》を見て、

「まあ！　どうしたの、こんなに早く？」

と、目を丸くしただけの話だ。

やれやれ、ちゃんとゆうべ言っておいたのに、と大野はため息をついた。

「明日《あした》は一日店を任されてる。大変なんだ」

と言ったのだが、女房はＴＶを見ながら、

「へえ。ご苦労さま」

と言っただけだった。

店、といっても大野の場合は確かに大変だった。何しろデパート一つ、丸ごとなのだか

ら。

午前十時開店。

「おい！　ちゃんと並べ！　背筋を伸して！」

最初のお客様を迎えるのだ。もっとも女店員たちは毎日やっているから慣れたもの。いつも机に向って数字とにらめっこしている部長の大野が、たまたま上司の出払っている今日一日、「支配人」をさせられて緊張しまくっているのを、女店員たちは面白がってヒソヒソ言い合いながら眺めていた。

午前十時のチャイムが鳴る。入口の扉が左右へ開くと、全員で一斉に、

「いらっしゃいませ！」

と、頭を下げる――はずだったが、今朝は、

「いらっし――」

までも行かなかった。

扉が開くと同時に、ワッと凄《すご》い勢いで中年女性の群れが店内へなだれ込んで来たのだ。

「――どうしたんだ？」

こんなことは初めてだ。いや、大勢お客が入ってくれることは嬉《うれ》しいが、それにしても

……。

理由はすぐに分った。三分もしない内に、今日の〈特売品売場〉の責任者の女店員が、

「大野さん！　どうしましょう！」

と、半泣きの顔で駆けつけて来たのだ。

――それは、確かに「0」だった。

新聞に入れた折り込みのチラシを持つ大野の手が震えた。〈本日限り！　特売品、さらに全品10パーセント引き！〉という大きな文字。しかし、チラシには何と〈100パーセント引き〉となっていたのだ！

こんなもの、誰がチェックしたんだ！

しかし、文句を言っている余裕はない。今、大野の目の前には、〈100パーセント引き〉のチラシを握りしめた女性たちが、待ちかまえているのだ。

100パーセント引き？　ここの商品を全部タダで持って行かれたら大損害だ！　大野は、震える膝で何とか立っていたが、

「誠に申しわけありません！　これは印刷のミスでございまして……。10パーセント引きなのに、ゼロが一つ、余計についてしまったのです！　お許し下さい！」

しばし、沈黙が続いた。冷汗が背中を伝い落ちる。今にも、「ここに〈100パーセント〉

って書いてあるでしょ！」という叫び声が上ろうとしていた。

だが……。一番前に立っていた、貫禄たっぷりの女性が、ちょっと笑って、

「おかしいと思ったわよ」

と言ったのである。「100パーセント引きじゃ、タダってことだもんね。そんなことあるわけないいわ。それぐらい分るわね、普通」

そのひと言が、フッとその場の空気を和ませた。そして笑い声が起ったのである。

「気を付けなさいよ、あんた」

「はい！　本来〈10パーセント引き〉でございますが、本日は特別に15パーセント、引かせていただきます！」

拍手が起った。——大野は胸をなで下ろした……。


お昼どきが近くなった。食堂が混み始める時間だ。

大野はレストランフロアのトイレに入った。ちゃんと掃除してあるか、見ようとしたのだ。

中を見回していると、いきなり仕切りのドアが開いて、大野にぶつかった。大野は踏みとどまったが、出て来ようとした若い男が中へはね返されて尻もちをついてしまった。

「失礼しました！」

大野はあわてて男の手をつかんだ。すると――便器の中にザブッと何かが落ちて、パチパチと火花が散った。男が顔を真赤《まつか》にして、

「邪魔しやがって！」

と怒鳴ると、駆け出して行った。

呆気《あつけ》に取られた大野は便器の中を覗《のぞ》き込んだ。目覚し時計と、コードでつながれた、ダイナマイトらしい物が――。ダイナマイト？

大野はあわててトイレから飛び出した……。


「水に落ちて、ショートしてしまったんですね。いや、ラッキーでした」

警察の人に言われて、大野は改めてゾッとした。あのとき男にぶつからなかったら……。

男は、不審に思ったガードマンに捕まった。

「時限爆弾をしかけて、金をゆするという手口ですね。いや、感謝状ものです」

「はあ……」

客は何も知らずに、ただトイレが〈使用不可〉になっているのに文句を言っていた。

オモチャ売場から連絡があったのは午後四時ごろだった。

「お子さまが泣きわめいて、大変なんです」

というSOSだった。

子供は苦手だな、と舌打ちしつつ、オモチャ売場へ行ってみると、ずっと手前から、凄《すさ》まじい子供の泣きわめく声が聞こえている。

行ってみると、オモチャ売場の床に寝ころがった、四、五歳の男の子が、何が不満か、猛烈な勢いで泣いている。

「親ごさんは?」

と、売場の子に訊《き》くと、

「あちらさまです」

見れば、上品なスーツの女性がのんびりと椅子にかけてケータイをいじっている。大野は、

「恐れ入りますが……。お子様が、他のお客様の買物の邪魔になっておりまして……」

と言ったが、

「いいの。放《ほ》っといて下さい」

と、アッサリと、「泣きやむまで放っておくのが、わが家の方針ですの」

「そうおっしゃられても……」

大野はこわごわ泣き続ける男の子へと近付くと、

「坊っちゃん、ジュースでもどうかな？　そんな所で寝てると風邪《かぜ》ひくから。――ね？」

と、手を出したが……。

いきなり男の子が大野の手にかみついたのである。痛さに飛び上って、

「何するんだ！」

大野は反射的に男の子を平手でひっぱたいていた。男の子は飛びはねるように立ち上ると、

「こいつがぶった！」

と、叫んで、見物していた、コートを着た太った女性にぶつかって行ったのだ。

ぶつかられた女性は、突然のことで尻もちをついたのだが……。どこに入っていたのか、ネックレスやイヤリング、指環《ゆびわ》などがザーッと音をたてて散らばった。

「何だ、これ？」

呆気に取られていると、女性はあわてて立ち上って逃げ出した。

ガードマンが駆けつけて来て、

「宝石売場で、盗難が――」

と言いかけ、「これ……ですかね」
と、散らばった宝石類を見下ろした。

最後の客が店を出て、シャッターが下りると、大野は店員たちへ、
「お疲れさん」
と声をかけた。
ごく自然に拍手が起きた。
大野は、事務の女性から、
「部長、今日一日の報告書をお願いします」
と用紙を渡された。
報告か。——どう書けばいい？
とはいえ、大野は今日初めて店内の管理を任されたのだ。
いつもどんな風なのか、よく分らない。
大野は面倒くさくなって、
〈特に変ったことなし〉
と記入すると、用紙を返した。

「いいんですか、これで？」

と、事務の女性が目を丸くする。

「うん。ともかく、早く帰りたいんだ」

大野はそう言ってロッカールームへと急いだのだった……。

大きな落とし物

Kanransha

Akagawa Jiro
Short Short OUKOKU

それは、「最後通告」だった。

「いいな！　今度へまをやったら、即座にクビだからな！　憶《おぼ》えとけ！」

言われなくても忘れはしない。何しろ、生活がかかっているのだから。

それも木原《きはら》一人ではなく、妻と二人の子供、合わせて四人の生活が。

しかし、そんなときに限って、とんでもない仕事が当たるものだ。

「――いいな。くれぐれも失礼のないようにするんだぞ」

上司からは何度も念を押された。

この日、空港内を案内する相手は、「大臣」だった。何の大臣かって？　そんなことは木原の知ったことではない。

ともかく、「重要な客」だということ。それで充分だった……。

「ここが新しいロビーでございまして……」

と、木原は額に汗を浮かべながら説明していた。「以前のロビーに比べて、約二・五倍の広さでございます」

「ほう……」

大臣は突き出た腹をポンと叩《たた》いた。これがこの大臣のくせらしい。

「きれいじゃないの」

と言ったのは、大臣の「秘書」の女性だった。

思ってもみないことだった。その「秘書」は、どう見てもただの秘書ではなかった。

空港へ車が乗りつけたとき、大臣より先に降り立ったのが、その女性だった。

出迎えた木原たちは当惑した。その女性にどう接すればいいのか分らなかったのである。

その木原の耳に、

「あれは大臣の彼女だからな！　気をつかえよ！」

と、突然上司がささやいたのである。

――大臣の気持一つで、この新空港をどれくらいの航空会社が利用してくれるか決る。

それは木原の立場をも決定してしまうのだ。

しかし……。

「何か冷たい飲物でも出ないの？」

から始まって、大臣の彼女の注文は次々に飛び出した。

その都度、木原たちは駆け回り、振り回された。

もともと、この空港は国内便に使われていて、その中で大幅な改装工事が行われた。その費用は予定の三倍近くに上り、今日の大臣の視察が新たな国際線の就航に結びつかなければ、会社は倒産の危機にあった。

今日の視察も、一般の乗降客がいる中で行われていて、余計に木原たちに汗をかかせているのだった。

「うーむ……」

大臣は、空港が最も力を入れて改装したロビーを眺め回していたが……。

「いかがでございましょう」

と、木原がおそるおそる言うと、

「そうだな。悪くないだろう」

と、大臣は言った。

「ありがとうございます！」

木原の顔に、やっと笑みが浮かんだ。

すると大臣が言った。

「それで、ロビーはどこなんだ？」

木原たちが言葉を失っていると、彼女が笑って、

「しっかりしてよ！　ここがロビーなのよ」

と、大臣の背中をポンと叩いた。

「何だ、そうか。――そうならそうと説明してもらわんと」

「申し訳ありません……」

木原は、空《むな》しさを覚えながら言った。

「ちょっと座り心地をためしてみるわ」

と、彼女がロビーの椅子に腰をおろし、長い脚を組んだ。

「椅子はすべて北欧のデザインのものを使っておりまして……」

一般の客が、その光景を珍しげに見ている。

「ねえ」

と、彼女が大臣に言った。「お昼抜きなの？　私、お腹空《なかす》いちゃった」

「そうだな。おい、食べるものは用意できるか」

もう午後の三時である。まさか昼食の話が出るとは思わなかったが、木原は素早く部下へ目配せして、

「ＶＩＰルームに用意させますので」

「ほう。なかなか気がきくじゃないか」

「ありがとうございます」

うまく行くぞ！　木原は心の中で叫んだ。

そのときだった。

「あら、いやだ」

と、彼女が言った。

「どうした？」

「私、コンタクトレンズ、落としちゃったわ。――あれ、高いのよ」

「お探しいたしましょう」

と、木原は言った。「どの辺りで……」

「それが分れば苦労しないわよ」

と、彼女は不機嫌そうに言った。

「ごもっともです。しかし……」

ロビーは広い。ここでコンタクトレンズを探す？

「踏まれたら買い直さなきゃ。用心して探してよ」

「かしこまりました」

木原は部下たちに、「みんなで探せ！」

と怒鳴った。

一般の客がロビーを通って行く。

「客を止めろ！　ロビーへ入らせるな！」

と、木原が指示すると、ガードマンがあわてて客を止める。

「早く見付けろ！」

かくて——ロビーの床に這《は》うようにして、数人がかりで、コンタクトレンズの捜索が始まった。

しかし、相手は小さなコンタクトレンズだ。目をこらしても、床の大理石の模様にまぎれて分らないのだ。

止められて、初めは文句を言っていた乗客たちも、大の男が何人も床を這い回っている姿に、唖然《あぜん》として見入っていた……。

いつまでもロビーを立入り禁止にしておくわけにいかない。木原の顔から汗がしたたり落ちた。

「あったか？」

「見付かりません」

何度かやりとりがくり返されて、ついに木原は立ち上った。汗が背中を伝い落ちる。

仕方ない。もし買い直すとなったら、自腹を切ろう。

「――恐れ入ります」

と、彼女の前に立って、「探しましたが、見付かりません。申し訳ありません」

深々と頭を下げる。

「しょうがないわね。――じゃ、行きましょ」

と、彼女が立ち上る。

「どうも……」

一歩さがって、木原がもう一度詫《わ》びようとしたとき――。木原の靴の下で、パリッという、ガラスの砕ける音がした。

木原の顔から血の気がひいた。


上司の机の上に、木原は〈辞表〉という封筒を置いた。

「何だこれは？」

「先日の大臣視察の際の失敗です。責任は私に……」

と、木原が言うと、

「いや、あれで良かったんだ」

と、上司がニヤリと笑って、「お前の手柄だな」

「は？　どういう……」

「あのとき、大臣が愛人を連れて来て、しかも、コンタクトレンズを探すために乗客をロビーへ入れなかった。その様子が、ネットに流れたんだ。『わがままだ』『非常識だ』という声が上ってな、あの大臣は更迭《こうてつ》されたんだよ」

「はあ……」

「次の大臣はちゃんと一人でやって来るそうだ。うまく案内しろよ」

「――分りました」

半ば呆然《ぼうぜん》としながら席に戻る。

たった一つのコンタクトレンズで？　――小さいが、大ごとになってしまったんだな。

木原は机の上の冷めたお茶を一口飲んで、それから声を上げて笑った。

「待ってるんですよ」

「何を？」

「順番を」

――今日も同じやりとりがくり返された。

由紀《ゆき》は、そのまま行ってしまおうとしたが、今日は昼間三十五度を超える猛暑日になりそうだという朝の予報を思い出して、

「今日は暑くなるみたいですよ」

と、その老人に言った。「せめて日かげに入った方が……」

「ありがとう」

と、老人は小さく頭を下げると、「しかし、私は大丈夫。慣れているのでね」

「そうですか」

由紀は、気をつかった自分が馬鹿らしく思えて、「じゃ、ご自由に」と言って、さっさとその場を離れてしまった。

公園の中の広場は、芝生《しばふ》に囲まれていて、日射《ひざ》しを遮《さえぎ》るものが何もない。

そこのベンチに、その老人はずっと座っていた。

公園の管理を請け負っている会社に雇われて、デスクワークから実際の公園内の巡回、管理に回されたのは半年前。

大学を出たものの、希望していた企業にはどこも入れず、危うく失業者になりかけたが、今の会社に辛うじて滑り込んだ。

だが、仕事といえば、広い公園の中を一日何度も歩き回って、立入禁止の芝生に入って遊んでいる子供がいないか、トイレの水道が出しっ放しになっていないか、ホームレスが寝たりしていないか……。そんな見回りをすること。

大学で勉強した経済学や哲学は何の役にも立たなかった。空しい日々だが、辞めるわけにもいかない。

その初日から、その老人は広場の同じベンチに腰をおろしていた。杖《つえ》を突いた両手に顎《あご》をのせるようにして、何をしているのか……。

初日、一日中老人がそこに座っているので、

「何してらっしゃるんですか?」

と、由紀は声をかけてみた。

もう八十か九十になっていると思える老人は、由紀を見ようともせずに、

「待ってるんですよ」

と答えた。

「——何を?」

と、由紀が訊くと、

「順番を」

という返事。

こんな所で、何の順番を待っているんだろうか、と由紀は首をかしげたが、それ以上訊かなかった。自分が何をしているかもよく分っていないのかもしれないと思ったのだ。

そのまま、由紀は公園の巡回を続けた。

その翌日も、老人はそこに座っていた。由紀は、気にしないことにして、老人の前を通り過ぎた。

そして——一か月、二か月と時が過ぎて行った。

肌を刺すような太陽。足下のコンクリートの照り返しと、立ちのぼる熱気。

若い由紀でも、歩くのが苦痛だった。

日かげのない広場を急いで横切ろうとして、由紀はあの老人の方をチラッと見やった。

いつもと違っていた。老人の体はぐったりとベンチにもたれかかっていたのだ。

由紀は駆け寄って、

「大丈夫ですか！」

と、声をかけた。

返事がない。由紀はケータイを取り出し、救急車を呼んだ。

——それから一週間、老人は姿を見せなかった。由紀は心配しながらも、いなくなってくれてホッとしてもいた……。

だが——まだ一向に暑さがおさまらない日に、老人は再びあのベンチに座っていた。

「まだ順番は来ないんですか？」

と、由紀は声をかけた。

「あんたか」

老人は顔を上げて、「まだだよ」

「そうですか」

由紀は微笑《ほほえ》んで、「私、今日で辞めるんです。お達者で」

「そうか。——結婚するのかね?」

「ええ。よく分りますね」

「指輪をしているからね」

と、老人は初めて笑顔になった。「おめでとう」

「ありがとうございます」

気の進まない結婚だった。しかし、この公園を歩き続けて、もう五年たっていた。由紀は疲れて、ここから抜け出せるなら誰とでも結婚しようと思ったのだ。

「それじゃ」

と、由紀は会釈して、立ち去った。


公園は北風が吹きつけて、凍える寒さだった。

どうしてここへ来てしまったんだろう?

由紀はぐっすり眠り込んでいる娘を抱っこしていた。

三つになる娘、マリは、疲れた身に重かった。ベンチに……。ともかく座ろう。

由紀は足を止めた。――まさか！

あのベンチに、老人が変らずに座っていたのだ。

由紀がそっと隣に座ると、老人は顔を向けて、

「やあ」

と言った。

「ずっと……ここに？」

「まだ順番が来なくてね」

と、老人は言った。「あんたの子かね？」

「ええ。マリといいます。今、三つで」

結婚して六年が過ぎていた。

「風邪をひかないかね？」

「ええ……。でも……」

由紀は涙ぐんで、「行く所がないんです。夫は私やこの子を殴ったりけったりするんで、
逃げて来たんです……」

「そうか」

「もう親もいなくて……。どこへ行っていいか分らず……。いつの間にかここへ来てしまったんです」

「可哀《かわい》そうに。――だが、もう心配いらないよ」

と、老人は言った。

「どうしてですか？」

「あんたは私を助けてくれた。一度ちゃんと礼をしようと思っていたんだ」

「でも……」

「家へ帰りなさい。もう大丈夫だ」

わけが分らないまま、由紀は家へ帰った。

――飲んだくれていた夫は、心臓発作を起して倒れていた。もう息がなかったのだ。


「どうしてこんな所に？」

マリがけげんな表情で言った。

「私の思い出の場所なのよ」

と、由紀が言った。「古い知り合いがいるの」

「こんな公園に？」

大学生になったマリは首を振って、「お母さんも変ってるね」

「ほら、あそこに……」

由紀はベンチの老人を見て足を止めた。そう、きっといるに違いない、と分っていた。

歩み寄ると、

「お久しぶりです」

と、由紀は言った。

「ああ……。あんたか」

「娘が二十歳になって……。あなたのおかげです」

「いやいや、あんたが頑張って働いたからだよ。――いい娘さんだね」

「ありがとうございます」

由紀は、マリの方へ、「ご挨拶しなさい。お母さんの恩人なのよ」

マリが呆然として、

「お母さん……。誰もいないよ、そこ」

と言った。

「何を言ってるの」

と、ベンチを見ると、そこに老人の姿はなかった。

「そんな……」

ベンチに、何か小さな紙片が落ちていた。

拾ってみると、十桁くらいの数字が並んでいる。

「順番が来たんですね……」

と、由紀は呟《つぶや》いた。

このベンチが、「天国」への入口なのか？

そしてこの番号は……。

「これは私の番号なんですか？」

誰かに救われたら、誰かを救う。その機会を、ここで待つのかもしれない。

そうだ。私も苦しんだ。同じ苦しみを味わう人を救えるかもしれない。

「お母さん、大丈夫？」

マリが心配そうに訊く。

「心配しないで。お母さん、自分が生きて来た理由を、やっと手に入れたの」

「このベンチで？」

「ええ」

と、由紀は微笑んで、「大切なのは、ベンチに誰と座るか、なのよ」

真夜中の遊園地

Kanransha

Akagawa Jiro
Short Short OUKOKU

　どこか高い所に取り付けたスピーカーから、調子外れの〈蛍の光〉が流れて、少しすると照明が消えた。

　遊園地が、一日の仕事を終えたのだ。

　足音がいくつか聞こえて、

「お疲れさん」

「帰りに一杯やらないか？」

　といった声が聞こえてくる。

　――もう大丈夫。見付かる心配はない。

　マユミは、メリーゴーラウンドのかげからそっと出て行った。ガランとした、暗い遊園地が目の前に広がっている。

マユミはブラブラと歩き出した。

遊園地といっても、ここは小さな田舎町《いなかまち》の郊外で、毎晩、華やかなパレードや花火で彩られたアミューズメントパークではない。

お父さんの話では、もう二、三年の内には閉めてしまうだろうということだ。休日でも乗りものに行列などできない。普通の日だとガラガラで、働いてる人の方が多いんじゃないかと思うくらい。

それでも、十四歳になる今日まで、ここはマユミにとって「夢の世界」だった。まあ、一応は――大したものじゃないが――ジェットコースターもあって、ミシミシ、ちょっと怖い音をたてて走っていた。

マユミは、買っておいたハンバーガーを、ベンチに座って食べた。ちっともおいしくないが、それでも「いつもの味」は、マユミを安心させてくれた。

「これが、人生最後の食事って、ちょっと寂しいかも……」

と、マユミは呟いたが、でも中学生が選ぶにはふさわしいかもしれない。

今ごろ、お父さん、お母さん、心配して私のこと捜し回ってるかな。

それとも、「あんな子はいない方がせいせいする」と言い合っているかも……。

「まさか！」

いくら何でも……。マユミの両親は、そんなにひどい人じゃない。

でも、どうしてか年中ケンカして、「別れる」だの「出て行く」だのやってるのだ。そして、決って最後は、

「マユミのために、お互い我慢しよう」

ということになる。

私のせいで、そんなに我慢してるの？　それならいなくなってやる！

毎日のことにいやになって、マユミは死ぬ決心をした。そして、死ぬ場所に、この遊園地を選んだのだ。

「さて……」

マユミは立ち上って、「どこにしようかな……」

ともかく、急ぐこともないだろう。人のいない遊園地の中を、のんびりと歩いてみる。

「お化け屋敷」がある。――生れて初めてあそこに入ったときは、怖くて泣き叫んだっけ。途中で係の人が飛んで来てくれた。

今なら笑っちゃうけど。ちっちゃかったんだ、あのころは。

足を止めて、「お化け屋敷」を眺めていると、

「何してるんだね？」

と、声がして、マユミはびっくりした。

振り向きながら、

「ごめんなさい！　ちょっと――居眠りしてて」

と言ったが、そこに立っていたのは、くたびれたコートをはおったおじさんで、どう見てもこの遊園地の人じゃなかった。

「君は……この辺の子か？」

と訊かれて、

「少し遠いけど……。バスで一時間ぐらい」

「そうか。じゃ、夜までここにいるつもりで来たんだね？」

そのおじさんの口調はやさしくて、あたたかだった。

「おじさんも？」

「うん、そうだよ」

と、おじさんは肯《うなず》くと、「誰もいない所に来てみたくてね」

「私がいて、ごめん」

「それはお互いさまだ」

と、おじさんは笑った。

何となく二人は一緒に歩き出した。

「君はどうしてここに来たんだね？」

と訊かれて、隠す気もなく、

「死のうと思って」

おじさんが、びっくりしたように足を止めて、

「私もだよ。——そうなのか」

「うん。でも……どうやって死ねばいいか、考えてなかった。おじさんは？」

「考えてたところだ。——あれがいいんじゃないかと思ってね」

おじさんが見上げているのは、ジェットコースターだった。


「わぁ、高い」

下を覗き込んで、マユミは言った。下から見ると大した高さではないのに、いざ一番高い辺りから下を見ると、目が回りそうだ。

ジェットコースターの乗り場から、ずっとレールの傍《そば》の通路を歩いて上って来たので、二人とも息を切らしていた。

「ここから飛び下りたら、アッという間だよ。一番簡単だろ？」

「うん……」

「怖いかい？」

「ちょっと……。でも、大丈夫」

と、マユミは腰をおろして、「おじさんはどうして死のうと思ったの？」

「これさ」

と、右の腕を持ち上げて見せる。

「動かないの？」

「ひどいけがをしてね。私は腕一本で仕事をして来た。右手が使えなくちゃ、生きてても仕方ない」

「そう……」

「さあ」

と立ち上って、おじさんは下を覗いたが、

「うーん……。やはり怖いね、こうして見てしまうと」

「でも……」

「そうだ。君、私の背中をちょっと押してくれないか？　ちょっと力を入れるだけでいいよ」

「え？　いやだ、そんな！　――私だって押してほしい」

「じゃ、こうしよう。ジャンケンで、負けた方が押す。負けた者は自分で飛び下りなきゃならない。どうだい？」

いや、とも言う間もなく、

「じゃ、やろう！　ジャンケン――」

パーを出していた。おじさんは左手で、やはりパー。

「もう一度だ。ジャンケン――」

グーを出したマユミは、おじさんのパーに負けた。

「さあ、私はそこのギリギリの所に立つから、ちょっと触るぐらいでいいんだよ」

「うん……」

「さあ、やってくれ」

――その瞬間、マユミは自分が「死」を目の前にしていることを、はっきり意識した。

落下して、血を流して倒れている自分の姿。それを見て泣き崩れるお母さん……。私、一体何をしようとしてるんだろう？

「やめて！」

と、マユミはおじさんを止めようとした。

そのつもりだった。でも——触ったとたん、おじさんの体は落ちて行った。

「だめ！　だめだよ！」

うずくまって、マユミは泣き出した。

そこへ、小さな明りが、いくつも見えて、

「あそこだ！　マユミ！」

「マユミ！　じっとしてて！」

お母さんもお父さんも、そしてお巡《まわ》りさんもいる……。マユミは泣きじゃくった。


「何ですって？」

と、お母さんが言った。

「私……おじさんを突き落としたの」

と、マユミは言った。

「そんなこと……。誰もいないわよ」

「え？」

マユミは、自分がいた辺りの真下へ行ってみたが、誰もそこには倒れていなかった。

「おかしいな……」

確かに、おじさんは落ちて行った……。

「――何か落ちてる」

と、お父さんがライトを当てた。「小鳥だ」

それは死んだ小鳥だった。お父さんは拾い上げると、

「右の羽が折れてる。これじゃ飛べなかっただろうな」

「右の羽？」

と、マユミは言った。

あのおじさんは右手が使えない、と言った。そしてジャンケンで、パーしか出さなかった。出せなかったのか？

私を――私を止めようとしてくれたの？

「マユミ……」

「お母さん」

と、マユミは言った。「この小鳥のお墓を作ってあげたい」

お母さんには、その意味が分らなかった。でも、マユミにとっては、それは自分の過去を埋めることだったのだ。

「――ここ、閉めないといいね」

と、マユミは言った。

真冬の夜の夢

Kanransha

Akagawa Jiro
Short Short OUKOKU

やっぱり真夏でなきゃ。夢は。

真夏だって真冬だって、同じだろ、夢は。そう思うか？

ところが、そうじゃないのだ。その証拠に……。

僕には「続きものの夢」を見る能力がある。一晩寝て目が覚める。すると次の夜には、前の夜、話の途中で終った、その続きの夢を見られる。

もっとも、いつでもというわけではない。年に一度か二度、そんなことが起るのだ。

その日は十二月の終り、ということは一年の終りも近いが、そのことはとりあえずどうでもいい。

きっかけは、入院している母を見舞に行ったことだった。

病気になって、気が短くなった母は、僕が見舞に行っている間中、ずっとグチを言っている。体調についてのグチは仕方ないとして、それがやがて医師や看護師への苦情となり、同じ入院患者への、ほとんど八つ当り的な悪口になって行く。

いくら親とはいえ、周囲の人たちの冷たい視線にさらされるこちらも辛《つら》い。

何とか病室を抜け出して、ホッとひと息ついたところへ——。車椅子の女性がやって来て、僕とぶつかってしまったのだ。

こっちも転んだが、車椅子も横倒しになって、その女性は投げ出されてしまった。

あわてて立ち上り、

「ごめんなさい！　大丈夫ですか？」

と、僕はその女性の方へかがみ込んだ。

「いえ、私が不注意だったんです！」

と、その女性は恥ずかしそうに頰《ほお》を染めて、

「ごめんなさい。おけがはありませんでしたか？」

と言った。

その清楚《せいそ》な美しさ！　僕はひと目で彼女に恋してしまった……。

これが夢の発端だった。

その夜、僕は車椅子の彼女の夢を見た。

あの出来事をきっかけに親しくなった二人。――夢の中では、母は登場せず、僕は毎日彼女に会うために病院に通っていた。

その辺が夢の都合のいいところだ。

やがて、彼女の病気を治すには手術が必要だが、彼女はとても珍しい、特殊な血液型をしていて、輸血用の血液が用意できないということを知った。

そのとき、僕は親から、

「お前はとても珍しい血液型をしているのだよ」

と言われていたことを思い出す。

もしかしたら……。万に一つの可能性を信じて、調べてみると、正に僕の血液型は彼女と同じと分ったのである。


どんな偶然も、夢の中ならあり得る。

二日目の夜、夢の中で、僕は彼女を励ましていた。

難しい手術で、成功する確率は三分の一以下と言われていた。しかし、手術しなければ彼女の命はあと半年……。

「怖いわ……」

と、僕にしがみついてくる彼女を、

「大丈夫。きっと成功するよ」

と励まして、僕と彼女は初めて唇を重ねるのだ……。

――この美しいラブシーンの最中、目覚まし時計が鳴って、僕の夢は中断させられてしまった。

現実の僕は中小企業のセールスマン。いつまでも夢を見てはいられなかった。

それでも、

「明日はきっと続きが見られる！」

と信じて、何とか一日を過した。

そしてその日は帰りに同僚から飲みに誘われたのも断り、早々に帰宅して布団に潜り込んだ。


やった！

夢の中で、僕は病院の廊下で彼女の手術が終るのを待っていた。

十時間以上かかる、と言われていた手術だが、夢の中では時間も映画のように「飛ばして」しまう。

手術を終えた彼女が出てくる。

汗を額に浮かべた医師が、ニッコリ笑って、

「成功しましたよ」

と言ってくれた。

彼女が麻酔からさめるのを、ベッドのそばで待っている時間が、長く感じられた。

そして、彼女が小さく息を吐くと、ゆっくり目を開いた。

「私……生きてるの？」

と、呟くように言う。「それとも、ここは天国なの？」

「生きてるんだ！　君は生きてるんだよ！」

少々気恥ずかしくなる場面だが、夢を見ているのは僕一人なのだからかまやしない。

彼女の手を取って、唇をつけると、ジャーンと盛大なバックミュージックまでが鳴り渡った。

夢に音楽まで付いたのは初めてだった！

――この夜、夢はその感動的なシーンで終った。

これで終りでもいいかな、と思っていたのだが、夢はまだ終らなかった。
次の夜には、日一日と回復する彼女の活《い》き活《い》きとした姿が見られた。
そして、ついに、
「僕たち、君が元気になったら結婚しよう」
と、プロポーズまでしてしまった！
ところが、どこでどうなったのか、ここで突然彼女に婚約者が現われたのである。
金持で、彼女より二十歳も年上のその男は、僕に決闘を申し込んで来た。
はて？　どこの国の話なんだろう？
ともかく、僕はその男とピストルで決闘するはめになってしまった。
互いに背中をつけて立ち、それぞれ二十歩歩いて、振り向いて拳銃の引き金を引く。
その銃声で、僕は目がさめてしまった……。

決闘に勝ったのか、負けたのか。
もし、撃たれて死んでいたら、夢の続きはないだろう。
だが、その翌日、眠りついた僕は、しっかり彼女と抱き合っていたのである。

決闘した相手がどうなったかは不明のまま、彼女は僕のプロポーズを受けいれて、二人は晴れて結婚式を挙げることになった。

凄い！　夢の中でここまで来るなんて初めてだ！

純白のウエディングドレスの彼女は、天使のようだった。

パイプオルガンが鳴り、ヴァージンロードを歩く二人。

正にハッピーエンドのラストシーンだ！

——僕は心地よく目ざめた。


次の日は金曜日で、翌日は会社が休みというので、僕は少し酔って帰り、そのまま布団に寝転がった。

——え？　まだ終ってない？

夢は続いていた。

ハネムーンで、僕たちはスイスの美しい山々を望むホテルのベランダに立っていたのだ。

その風景は、いつか旅行会社のパンフレットで見たものだったが……。

そうか。これも悪くない。

ハネムーンの夜、僕は彼女の体を抱きしめて……。

すてきな時間だった！
これで終ってくれ、と僕は願った。
もう充分幸せだ……。
でも――夢は終らなかったのだ。
僕は赤ん坊を抱いて、買物している彼女の後をせっせと追いかけていた。
赤ん坊の夜泣きに起こされ、眠い目をこすりつつ出勤していく……。
そして、ある夜、帰ってみると家は真暗《まつくら》で、明りをつけると、テーブルに手紙が。
〈好きな人ができたので、その人と一緒に行きます。幸せになってね〉
――こんな夢があるか！

目がさめて、気が付いた。――冬だったので、夜が長過ぎたのだ。だから、どんどん話が進んでしまった。
そう。――夢はやっぱり「真夏」に見るものだ。

その日、僕は母の見舞に行った。
母は相変らず人の悪口ばかり言っている。

疲れて廊下に出ると、

「あら……」

と、声がして、車椅子の女性がやって来るところだった。「先日はどうも……」

話しかけたものかどうか、僕は迷った。

もちろん夢の中みたいなことにはならないだろうが……。

すると、彼女が微笑んで言った。

「私、あなたの夢を見ましたわ」

猫カフェの初夢

Kanransha

Akagawa Jiro
Short Short OUKOKU

ああ……。

なんて気持のいいものなんだろう。猫でいるってことは。

――そう思いながら、カズオはいつものように一日を過していた。

つまり、一日のほとんどを寝て過していたのである。

何だか、この何日か、この猫カフェはお休みしていて、客も来なくて静かだった。眠ってるところを、子どもにつつかれて起こされたりしないので助かったが、一方で、誰も来てくれないってことは少々寂しいものでもあった。

だから、今朝、何日ぶりかでオーナーが店を開け、入口に大きな字で、

〈あけましておめでとうございます！〉

と書いた紙を貼りつけているのを見て、カズオはホッとしていたのである。

真先《まっさき》にやって来たのは、丸々と太ったおっさんで、この猫カフェの常連さんだ。どこぞの〈社長〉という偉い人らしいが、奥さんが猫アレルギーで、家では猫を飼えず、ここへ通ってくる。

「あけましておめでとう、カズオ」

と、そのおっさんがやって来ると、カズオのフワフワした毛並を、ちょっと武骨な手でなでる。

この猫カフェには十匹以上の猫がいて、種類も様々。カズオから見ても、「可愛《かわい》い！」と思う「美女」もいるのだけれど、この〈社長〉さんは、なぜかカズオが一番のお気に入りなのだ。

まあ、お得意さんには愛想よくしないと。――この猫カフェが繁盛してくれないと、カズオたちの食事代も出なくなる。

カズオは精一杯甘えるように鳴いてやって、顎を指でかかれると、ゴロゴロ喉を鳴らしてみせる。

すると〈社長〉さんは、

「やあ、そんなに気持いいか？　いやあ、可愛いなあ」

「やあ、どうも」

と、感動するのだ。

ま、今年もせいぜい通って来て下さいよ。

カズオはまた目を閉じて、ウトウトし始めた。

「会社はいつからですか？」

と、オーナーが訊いている。

「明日からだ。またわけの分らん奴《やつ》らと付合うのかと思うと、気が重いよ……」

と、〈社長〉はグチった。

ここへ来て、この〈社長〉はよくオーナーにグチを言っていた。

「近ごろの若い連中は、何を考えてるのか、さっぱり分らん！」

という、いつの世にもあるグチである。

「大体、奴らは感謝するということを知らん！　文句は一人前に言うくせに、ありがたいと思わんのだ！　――全く、このカズオが俺の部下だったら、と思うよ……」

ええ？　このおっさんの部下？

ちょっとご遠慮したいね、と考えつつ、カズオはまたウトウトしていたが……。

「おい！　早くしろ！」

と、怒鳴る声。「会社へ戻るぞ！」

あの〈社長〉だな。はいはい、また来て下さいよ。

深々と息をして、また眠ろうとすると、

「おい、カズオ！　行くぞ！」

え？　行くって、どこへ？

起き上ると、オーナーが、カズオを見て、

「また来て下さいね」

と、ニッコリ笑った。

また来て？　猫に向ってそれはないでしょ、と思ったカズオは、店の正面の鏡を見て、仰天した。

そこには、〈社長〉と同じように、背広にネクタイという人間の若い男が映っていたのである。え？　これ――ボクなの？

「カズオ、何をボンヤリしてる！　ついて来い！」

猫カフェを出る〈社長〉について、カズオはあわてて外へ出て行った……。

猫カフェにやって来る客を眺めている内、カズオもときどき「人間ってうらやましい」

と思うことがあった。

カラフルな服も着られるし、髪の毛も、色んな風にできる。

ときには、「お酒」というものを飲んで、いい気分でやって来る人もいて、カズオのことをなで回してくれるが、ちょっと酒くさい息をしているのが困る。何といっても、猫の鼻は敏感なのだ。

そして、恋人同士、手をつないでやって来たりするのを見ると、「猫は手つなげないしな……」と思うのだった。

でも――まさか自分が人間になることがあろうとは……。

「――もういやだ！」

カズオは電車からホームへドッと吐き出されて、思わず叫んでいた。

電車の混雑のすごいこと！　人間はよく死なずにいられるものだ。

猫があんなにギュウギュウ詰め込まれたら、とても生きていられない。

しかも、それから〈会社〉という所へ行って、仕事をするのだから！

「おい、カズオ！」

〈社長〉が、何かにつけてカズオを呼ぶのは、カズオのことを気に入っているかららしいのだが、カズオとしては、

「気に入ってたら、寝かせてくれよ」

という気持だった。

〈社長〉は、カズオを色々な所へ引張って行ってくれた。

〈バー〉という所でお酒を飲むと、マタタビの匂いをかいだときみたいな、いい気分になった。そして、いつも猫カフェでくれる食事とは比べものにならないほど手のこんだフランス料理とかいうものも、口にした。

人間の世界には、色々大変なこともあるが、楽しいこともある、という当り前のことにカズオは気付いたのである。


「おい、こっちだ！」

と、〈社長〉が手を振った。

その日、ランチを二人で食べていると、そこに三人目が現われた。

「――ユキエ。これがカズオだ」

と、〈社長〉が言った。「カズオ。娘のユキエだよ」

この可愛い子が〈社長〉の娘？

まあ猫だって、およそ親と似てない子が生まれることは珍しくない。でも――これほど似てないなんてこと……。

「いつもお父さんがあなたのこと、話してるわ」

娘のユキエは、カズオと握手をした。

すると、まるで電流が流れたような気がして、カズオの胸は幸せな気分で一杯になったのである。

こんな気持はあのシャム猫のマリーを見たとき以来だった。でも、こっちの方が何十倍もすばらしい！

――その夜、カズオはユキエと待ち合せて一緒に出かけた。

手をつないで歩くのは、猫にできない、すてきな気持だった。

「ね、カズオさん」

と、ユキエが言った。「趣味は何？」

「そうだね……。寝ることかな」

正直過ぎる答えだったが、ユキエは明るい声で笑った。

「おかしいかい？」

「いいえ。あなたっていい人ね」

と言うと――ユキエはカズオにキスしたのだった。

カズオは感動で気が遠くなった。そして、何だか周囲がボーッとして……。

「やあ、来たか」

〈社長〉の声がした。「入れよ。ここが俺の秘密の場所だ」

「わあ、猫が一杯いる！」

あの声は……。

「ユキエさん！」

と言ったつもりだったが……。

「あら、あの猫、私を見て鳴いたわ」

――そうだった。

カズオは猫に戻っていたのだ。というか、夢を見ていただけかもしれない。

「ね、この猫、飼いたいわ！」

と、ユキエがカズオの方へやって来て、頭をなでた。

「母さんがアレルギーだ。分ってるだろ」

「そうか……。残念だわ」

と、ユキエはため息をついて、「じゃ、私が結婚するとき、もらいに来るわ。それまでここにいてね！」

まあね……。

カズオは複雑な気分だった。ユキエのそばにいたいのは確かだが、ユキエには人間の男がくっついているわけだ……。

やめとこう。そのころには、こっちもいいトシになってる。

夢の中でも、人間の生活をしてみて良かった、とカズオは思った。

あの忙しい人間の疲れを、なぐさめられる。猫ってのは大切な存在なのだとよく分ったからだ。

それに……。ボクはやっぱり寝てる方が好きだな。――カズオはまた目を閉じて、ウトウトし始めたのだった……。

偶然の過去

Kanransha

Akagawa Jiro
Short Short OUKOKU

「いやあ、偶然ですな！」

のひと言から営業が始まる。

これが、河本《こうもと》哲司《てつじ》の営業哲学だった。

営業マンとして三十年。五十代に入っても、河本は現役バリバリだったのだ。

今日もまた――。

「どうぞよろしくお願いいたします」

と、向き合った相手に名刺を渡し、深々と頭を下げる。

いささかうんざりしたような相手の表情を、河本はしっかり見てとっている。それはそうだろう。

一日に何人もの営業マンの相手をさせられて、その課長が不機嫌にならなければふしぎである。

「まあ、お話の内容は伺《うかが》わなくても見当はついておりますが……」

と、向うが先手を打とうとするのを、

「失礼ですが」

と、河本は遮る。「もしかして、ご出身はN市でいらっしゃいますか?」

相手は一瞬呆気に取られて、

「そうですが……」

と、メガネを直す。

「いやあ、偶然ですな!」

と、河本が大げさにびっくりして見せる。

「女房の実家がN市でして。いえ、今、お言葉を伺っていて、アクセントが、どこか女房と似ていたものですから。そうですか。女房の実家は市民公園の近くでして」

「ああ、そうですか。私の所は公園からバスで十五分ほどの〈大川《おおかわ》通り〉です」

「あの商店街の! いや、あの辺はいい所ですな。静かな高級住宅地で、それでいて商店街は近いし」

「まあ、高級というほどでもありませんがね……」

自分の出身地の家を「高級」と言われて気を悪くする人間はいない。

「あの辺に、凄く旨《うま》い寿司屋《すしや》がありましたね。ええと……何といいましたか……」

「〈笹寿司《ささずし》〉ですか?」

「そうそう! 〈笹寿司〉でした! いや、しばらく行っていませんが、まだちゃんと……」

「あそこの主人は五、六年前に亡くなりましてね。今は息子が継いでいますよ」

「そうでしたか。職人肌の親父《おやじ》さんでしたがね。それは惜しいことをしました」

――河本の営業活動は、すでに八割方成功している。


「河本さん」

いつも営業について歩いている部下の田崎《たざき》が、外へ出ると言った。「確か、奥さんのご実家は都内じゃありませんでしたか?」

「ああ、そうだよ」

と、河本は足早にバス停へと向いながら言った。

「でも、今、ご実家がN市だと……」

「そんなことが本当かどうかなんて、誰も調べやしないさ。向うの課長がN市出身だと聞いてたから、そう言ったんだ」

「でも、お寿司屋のことを――」

「寿司屋の一軒ぐらい、どこにだってある」

「はあ……」

田崎は啞然としていた。「凄いですね、河本さん！」

河本はニヤリとして、

「度胸だよ。こっちの勢いに相手を巻き込むんだ」

「でも……やっぱり凄いです」

田崎はほとほと感心している様子で言った……。


パソコンを開いてメールが届いていると、河本はドキッとする。

もしかすると、あいつからかもしれない。――しかし、それはただの広告メールだった。

そううまくはいかない。落胆した気持を、周囲の同僚たちから隠すように、

「今日のレースは、どの馬が勝つかな」

と、わざと大きな声を出す。

そこへ、

「河本さん。社長がお呼びです」

「分った」

社長室に入ると、河本は、

「お呼びですか」

「ああ、今日もうまく契約にこぎつけたそうじゃないか」

と、社長はご機嫌だ。「君の営業努力には頭が下るよ」

「仕事ですから。——それで何か？」

「うん。この間からやっていた交渉が、やっとまとまりそうなんだ」

と、社長は言った。「で、今日向うのトップがやって来る。うまく相手してくれ」

「かしこまりました」

河本はしっかりと胸を張った。「で、何という方ですか？」

「うん、マックス・パイルというんだ」


「アメリカ人か！」

河本はため息をついた。

「河本さん……」

「日本人なら……。どんな相手だって、うまく丸め込んでみせる。しかし、英語じゃ……」

河本は席へ戻ると、〈ＴＭ社〉の社長、マックス・パイルについて、何か分らないかとパソコンをいじったり、業界の内幕に詳しい記者に電話したりしたが、成果はなかった。

せめて、どこの出身か分ったら……。

しかし、いくら河本でも、

「いや、偶然ですな！」

を、英語でどう言うのか、分らなかった……。

「うーん……。そうですねえ」

と、田崎も首をひねっている。

「お前、アメリカに行ったことあるんだろ？　どう言えばいいか分らないのか」

と、河本は言ったが、

「アメリカに行った、って言っても、ツアーでハワイに一週間行っただけですよ」

「そうか……」

河本は田崎に文句を言う気にはなれなかった。

田崎を見ていると、まるで息子のような気がしてくるのだ。ちょうど田崎と同じくらいの年齢の……。もし、生きていれば、だが。


もう十五年も前になる。

十歳になる息子の一夫《かずお》を連れて、河本はニューヨークへ旅した。

生まれて初めての海外旅行。妻は風邪で寝込んでいて、父と息子の二人だった。

河本は充分用心していた。しかし、昼食に立ち寄ったハンバーガーショップで、パスポートの入ったバッグを引ったくられたのだ。

一夫をカウンターに残して、必死で追いかけたが、見失ってしまった。汗だくになって戻ってみると、一夫がいなくなっていたのだ……。

もちろん、河本は捜し回った。しかし、一夫の行方《ゆくえ》は全く分らなかった。

空しく帰国した河本は、妻の嘆きにも、どうしてやることもできなかった。

そして、営業の仕事に打ち込んだのである……。


どうジタバタしても仕方ない。

河本は腹をくくった。

「通訳がついてくるだろう。そいつが、『偶然ですな』をどう訳すかだ」

「でも、寿司屋の話じゃ……」

と、田崎が言った。

「分ってる！　そこは……ピザ屋にでもするさ」

と、肩をすくめた。

大きなリムジンが正面に停《と》まって、車から降りて来たのは……。

「え？」

面食らった。――マックス・パイルは、どう見ても東洋人だったのだ。しかも若い。

「二十代で起業して、成功した」とは聞いたが、こんなに若いとは！

社長が下手な英語で歓迎の挨拶を述べる。

そして、

「おい、河本、後を頼むぞ」

と、河本をつついた。

しかし――河本はじっとその若い成功者のことを眺めていた。

こいつはどこかで……。

すると、相手が河本を見て、ちょっと目を見開くと、

「親父じゃないか」

と言ったのである。

「一夫……。一夫か？」

夢ではないかと思った。

しかし、確かに……。

河本は無意識に言っていた。

「いや、偶然ですな……」

猫の忘れ物

Kanransha

Akagawa Jiro
Short Short OUKOKU

S新聞社にはある伝説があった。

「取材に出ない記者ほど出世する」

というのである。

社会部の記者、大沢《おおさわ》は正にその実例であった。

朝、至って真面目に定時に出勤すると、大沢は自分のデスクに腰を落ちつけ、朝刊を広げる。自社のS新聞ではない。S新聞とは敵《かたき》同士のA新聞である。

そして、A新聞を隅から隅まで——広告、株価に至るまで——じっくり目を通す。

大沢の「仕事」は、どんなにささいなことでもいい、A新聞の記事の中に、一つでも二つでも、ケチをつけられそうな点を見付けることである。

もちろん、これは大沢自身が作り出した仕事で、他の記者はあちこち取材に行っているのだった。

それでも、「あげ足とりの天才」を自認する大沢は、毎日のようにA新聞の記事から、二つ三つの「狙いどころ」を発見して、A新聞の悪口を記事にする。

それはS新聞の上層部の目にとまり、ほめられる。——大沢は、ますます社から出なくなり、体重はついに百キロを超えた。

同時に、ポストも上り、給料も増えて、大沢は四十歳を待たずに、「億ション」と呼ばれる高級マンションを手に入れることになった……。


「おい、仕度はできたのか？」

大沢は寝室のクローゼットの前に座り込んでいる妻の洋子《ようこ》に声をかけた。

しかし、洋子は大きなトランクを開けたまま、まだ何も詰めていなかった。

「おい、もう引越しのトラックが来るんだぞ！」

と、大沢が怒鳴ると、洋子は夫をキッとにらんで、

「私、あの子と一緒でなきゃ、行かないわよ」

と言った。

「いい加減にしろよ。今度のマンションは、上流階級の人たちが住んでるんだ。あんな野《の》

良《ら》猫は連れて行けやしない」

二人には子供がなかった。洋子が「あの子」と呼んでいるのは、雨の中、凍えて死にかけていた子猫だった。洋子は拾って来た猫を徹夜で看病し、猫は元気になった。

そして一歳を過ぎ、猫はすっかり洋子になついていた。

大沢はもともと猫が好きでなかったし、また洋子がその猫に「朝早く拾ったから」といって、A新聞とよく似た「アサ」という名を付けたのも気に入らなかった。

「諦めろよ。どうしたって、今日向うのマンションに行かなきゃならないんだ」

「あなた一人で行ったら？　私、アサと残るわ」

どちらも譲る気配がなかったが、そのとき洋子のケータイに連絡が入り、母親が病気で倒れて入院したと言って来た。

洋子は病院へ駆けつけることにしたが、

「私が戻るまで、勝手に引越さないでよ。――あ、それからアサにちゃんとお昼ご飯をあげてね！」

と言い残して、出て行った。

「全く……。女ってやつは……」

と、大沢は呟いて、部屋の隅で丸くなっている猫を見た。

嫌われていることが分るのだろう、猫の方でも、どこか人を小馬鹿にしたような目で大沢を見返していた。

「そうか……。そうだな」

洋子は何時間か帰って来ないだろう。

部屋には、服を詰めるための段ボールがいくつも置いてあった。大沢は、ガムテープを手に取ると、

「お前がもっと素性の確かな、上品な猫だったら良かったんだがな……」

と言いながら、アサの方へと……。


「逃げた？」

と、洋子は青ざめた。

「ああ。引越しの荷物をトラックに積まなきゃいけないんで、玄関のドアを開けっ放しにしてただろ。そこから出てっちまったらしい」

「そんな……。アサ！　――アサ！」

洋子は必死で捜し回った。

しかし――どこにも猫の姿はなかった。

新しいマンションに移って、一週間がたった。

洋子は、午前中ほとんど、何もしないでボンヤリとして過していた。アサがいない。

――それは心にポッカリと穴があいたような気分だった。

夫はそんな妻に、あまり声もかけず、食事も外ですませて来た。

あれから毎日のように、洋子は元のアパートへ行って、アサを捜し回っていたが、入院した母の所にも行かねばならない。

朝の内は何も手につかない。

すると、チャイムが鳴った。一階のオートロックの手前に呼出しボタンがある。

「はい?」

と、出てみると、

「A新聞の販売店の者です」

「あ……。ごめんなさい。うちは他の新聞社に勤めてるので」

「いえ、取って下さいってことじゃないんです。以前におられたアパートに配達してた者で」

「え?」

「引越された部屋に一つ段ボールが残ってたそうなんです。で、大家さんがうちに引越し先を訊いて来られて……」

「まあ、変ね」

「で、その段ボール、開けてみたら――」


「おい、大沢はどうしたんだ？」

と、オフィスへやって来た部長は言った。

隣の席の同僚が、

「出かけてるみたいですね。朝から見てませんけど」

「大沢が取材に行った？」

部長は目を丸くして、「どうかしたのか、あいつ？」

「あの……部長」

と、受付の女性がやって来ると、「受付に大きな荷物が届いてるんですけど」

「いちいち俺に言うなよ」

と、顔をしかめる。

「でも……何だか気持悪いんです」

「どうしてだ？」

「中で……何か動いてるみたいなんです」

「どういうことだ？」

「分りません。荷物の宛名は大沢さんなんですけど」

部長は同僚の男性に、

「おい、見てみろ」

と言った。

「はあ……」

気の進まないままに、受付へ。

確かに、大きな段ボールが床に置かれている。

「開けてみろ」

と言われて、こわごわテープをはがして、開くと――。

「ワッ！」

と、男性は飛び上った。

「もうどこにもやらないからね！」

洋子は、帰って来たアサを抱きしめた。

連れて来てくれたA新聞の人には、

「ずーっと取るわ！」

と、約束した。

「――良かった！　でも、どうして段ボールなんかに？」

と言ってから、「あの人ね！　主人があんたのこと、邪魔だから段ボールに入れて捨てたんだわ。許さない！」

と、カッカしている。

すると、ケータイが鳴った。

「――あ、どうも、――え？」

会社の同僚からだった。

「大沢さん宛に送られてきた段ボールを開けると……ご主人が中に……」

「主人が段ボールに？」

「どういうことなのか分りませんが、全身ずぶ濡れで、どこか川にでもはまったのか、水草が体に……」

「それで……」

「救急車で病院へ運びました。すぐ行ってあげて下さい」

「はあ……」

洋子は、通話を切ると、アサの方へ目をやった。アサの目は、どこか笑っているように見えた。

「そうなのね……。あの人が、アサを川へ投げ込んだ。段ボールに入れてね。でも、アサは、あの人と入れ替った……」

そうよ。たかが猫となめちゃいけないんだわ。

「じゃあ……可哀そうだから、あの人もこのマンションに置いてやりましょうか。どう思う?」

アサはゴロゴロと喉を鳴らして、洋子へとすり寄って来た……。

死者からのスコア（楽譜）

Kanransha

Akagawa Jiro
Short Short OUKOKU

長い二時間だった。

連絡先を家の電話にしていたので、その間私はトイレにも行けず、喉が渇いても水一杯取りに行けず、ひたすら待ち続けた。

そして――ついに鳴った。しかし、私はすぐに受話器を取ることができなかった。

「あなた、どうしたの？」

と、家内に言われて、やっと手を伸したのである。

「――中原《なかはら》ですが」

「中原和《かず》久《ひさ》様ですね」

と、事務的な声が言った。「今年の〈N賞〉は中原様に決まりました」

――自分がどう答えたか、憶えていない。

ともかく受話器を置くと、

「やったぞ」

と言っていた。「やった」

「おめでとう、あなた！」

「シャンパンで乾杯しよう」

世間の大部分の人は、私がどうしてこんなに喜んでいるか分らないだろう。〈N賞〉は世の作曲家にとっては、最高の値打のある賞なのである。

「――乾杯！」

私は家内とグラスを触れ合わせた。

いつもは私を責めるような目で見ている家内も、さすがに今は笑顔である。

私？　私ももちろん笑顔だった。ただ――心の底から喜ぶには、一つだけ問題があった。

賞を受けた曲〈生と死のソナタ〉は、私が作曲した曲ではない、という小さな問題が……。


「そういえば、知ってるか？」

仕事の仲間と長電話になって、切ろうとしたとき、向うが突然言った。「大崎《おおさき》って、お前の弟子にいただろう」

「大崎？　ああ、あの少し変った……」

「うん、突然いなくなっちまって、びっくりしたよな」

「大崎がどうかしたのか」

「死んだってさ」

私は少しの間黙っていたが、

「死んだ？」

「うん。あいつ、どこか地方の中学校だかで音楽の先生をやってたらしい。まだ三十五、六だろ。死因もよく分らないらしい。孤独死ってやつだな、どうしてだか、大学の方へ身《み》許《もと》の問い合せがあったんだ」

そうか……。

大崎は私の許で作曲を学んでいた。パッとしない外見で、ほとんど友人もいなかった。そして、ごくたまに天才的なひらめきを見せたものの、それは一瞬に消えてしまうのだった。突然姿を消したときも、私は少しも意外に思わなかった。

電話を切った私は、机の上の郵便物を手に取って、一つずつ見て行った。そして——手は止った。

封筒の差出人の名前を見て愕然《がくぜん》とした。そこには〈大崎忠《ただし》〉とあったのである。死んでしまった人間から？　いや、死ぬ前に出していたのだろう。当然そうだ。封を切って、逆さにすると――ストン、と何枚かの手紙らしいものが落ちた。開いてみると――楽譜だった。しかし、手書きの、何とも汚ない譜面である。

私はよく、

「もっとていねいに書け！」

と叱ったものだが……。

それでも、死ぬ前に、私に見て欲しくて送ってきたのだろう。ピアノソナタらしいその譜面を手に、私はピアノの前に行って、苦労して弾いてみた。

そして――弾く内に、私は体が震えるのを感じた。

これは凄い曲だ！　独創的で、美しく、心が揺さぶられる。

弾き終えて、私はしばし呆然として立ち上れなかった。

あの大崎が、こんな傑作を作っていたとは！　――この一曲で、大崎の名は永遠に残るだろう。

永遠に……。

このピアノソナタで、私は〈N賞〉を受けたのである。

「おめでとう」

何度言われても気持のいいものだ。

〈N賞〉の授賞式はホテルの宴会場で、華やかに開かれていた。私はおよそ似合わないタキシード。家内は新しく作った和服で、上機嫌だった。

インタビュー、写真、サイン……。

ワインに加えて、その連続が、いい加減若くない私を疲れさせた。

私はパーティを抜けて、人気《ひとけ》のないロビーに出ると、ソファに身を委ねて休息した。

ふと気が付くと、地味なスーツ姿の女性が立って、じっとこっちを見ている。

目が合って、私はそのまま気にもとめずに……。そして、突然記憶がよみがえった。

「君……村井《むらい》君か」

「ごぶさたして」

と、その女性は頭を下げた。「この度はおめでとうございます」

「ありがとう……」

とは言ったが、「君は今……」

「中学校で音楽を教えています」

と、村井直子《なおこ》は言った。

「そうか」

「大崎さんと同じ学校だったんです」

「じゃ、大崎君と……」

「結婚してはいませんでした。あの人は、私にやさしかったけれど、手も握りませんでした」

「そうか」

——大崎は、彼女にひそかに恋心を抱いていたのだ。しかし、私はそんなことを全く知らず、夜、大学の応接室のソファで、彼女を抱いた。

そこへ、忘れ物を取りに戻って来た大崎が入って来たのだ。——大崎は真青《まっさお》になり、駆け出して行って、それきり姿を消した。

そして、村井直子も大学を辞めて行った。

「すまなかった」

と、私は言った。「あのとき、酔っていたんだ。酔うと何も分らなくなるくせがあったから……」

「今さら、いいんです、そんなこと」

と、直子は言った。「大崎さんに頼まれて送った譜面、届いたんですね」

私は直子を見つめて、

「君が……」

「ええ、ぜひ中原先生に送ってほしいと言われて」

直子の目に浮かぶ冷ややかな色に、私は一気に血の気がひいて行った。

私は引出しを開けて、あの封筒を取り出した。そして中からあの譜面を取り出したが……。

「何だ？」

まだ何か入っている。——一枚の紙が出て来た。譜面は四つ折りにしてあったので、逆さにすると落ちて来たが、その紙は三つ折りで入っていたので、封筒の内側にはりつくようになって、今まで気が付かなかったのだ。

開いてみると、村井直子のやさしい字で、

〈中原先生
大崎さんに頼まれて、これを送ります。大崎さんは病気で、もう長くないでしょう。これをぜひ先生に、と私に預けました。

この曲は、いつかみんなでパーティをやったとき、先生が酔って口ずさんだ曲です。大崎さんはそのすばらしさに、必死で曲を書き取ったのです。

でも、その後、先生がこの曲を発表なさる様子がないので、大崎さんは「先生、きっと忘れてるんじゃないか」と気にしていました。

そして、私にこれを託したのです。

あえて清書せず、大崎さんの書いたままで送ります。

村井直子〉

——私が作曲した？　これは私の曲だったのか。

私は呆然と座り込んでいた。

直子が、〈N賞〉の曲は、他の人間の作曲したものだと告発しに来たのだと私は思い込んで……。

そんなことが……。

「あなた」

家内が不安げに声をかけて来た。「警察の方が、あなたに用ですって……」

過去からの招待状

Kanransha

Akagawa Jiro
Short Short OUKOKU

すでになっているのに、場内は盛り上っていた。

今日の大会で、大杉《おおすぎ》は四百メートルで優勝していた。そして、最後の種目、八百メートルでも一位は確実と言われていたのだ。

その八百メートル走、大杉はトップで最後のコーナーを回ろうとしていた。

大杉のすぐ後ろには、若い森田《もりた》が必死でついて来ていたが、大杉は焦らなかった。ラストの直線で、一気にスパートして二位を引き離す自信があったからだ。

そうだ。今、観客席には妻の充子《みつこ》と息子の努《つとむ》がいて、パパがゴールのテープを切るのを待っている。三歳の努でも、「パパが一番」ということが自慢できるのだと分っている。

今、見せてやるぞ、努。これがパパの実力だ！

コーナーを回りながら、大杉は少しずつ加速していた。ゴールの白いテープが目に入って、そっちに気を取られていた。

そのとき、二位の森田がカーブのところで強引に内側へ入ろうとしていることに、大杉は気付かなかった。

森田の肩がぶつかる。――危いじゃないか！

そう思ったとき、二人の脚がもつれて、二人は折り重なるように倒れた。場内に悲鳴が上ったが、大杉の耳には入らなかった。

両脚の激痛で、何も分らなくなっていたのだ。――そして、大杉は気を失った……。


もうじき夕方になるころ、大杉はやっと起き出して来た。

ダイニングのテーブルには食べかけの焼きそばが、ゆうべから放ってある。腹が空いていて、その残りを食べたが、一口でやめた。

ジャージ姿で、のっそりと玄関の方へ出て行く。さっき、何だか玄関のチャイムが鳴っていたようだったからだ。

ドアの前に、白い封筒が落ちている。

「何だ？」

封筒を拾って、居間のソファにドッカと座る。ソファとテーブルの上に、ゆうべテレビを見ながらかじっていたスナック菓子が散らばっている。

実際、充子がいなくなって、まだ十日ほどでしかないのに、家の中は埃《ほこり》だらけだった。きれいにしとくっていうのは、大変なものなんだな。しかし——一日何キロも走って大会に出るのは、もっと大変なんだ！

——あの八百メートルで、両脚を複雑骨折してから三年。ランナー人生を絶たれて、大杉は何もせず、毎日ぶらぶらしていた。

充子や努に当り散らすようになり、ついには酔って暴力を……。

充子は十日前、努を連れて実家へ帰ってしまった。大杉は止めなかった。

俺はトップアスリートだったんだ。その辺のサラリーマンのようなことができるか！

「——〈招待状〉だって？」

白い封筒を乱暴に破ると、〈陸上選手権大会へのご招待〉という手紙が出て来た。当然だ。俺は何度も一位になっているんだからな……。

日付を見て、びっくりした。今日ではないか！　これから行っても夜になる。

しかし……〈陸上〉の二文字は、大杉の目を捉《とら》えていた。

「そこは招待席ですが」

と、大会のブレザーを着た若い男が言った。

「ほら」

と、大杉が招待状を見せると、

「失礼しました！」

――フン、俺を知らないのか？　全く今の若い奴は……。

席にドカッと座ると、隣にいた、もう大分年輩の夫婦が、ビクッとして、

「失礼しました……」

と、謝っている。

そうさ。こんな大物に気付かない奴は、陸上競技なんかに興味がないのだろう。

そのとき、場内アナウンスが、

「八百メートル決勝です」

と告げた。

八百メートルか。――今は誰が走ってるんだ？

出場選手の名前が呼ばれる。大杉は耳を疑った。

あのときのメンバーではないか。みんな今でも走っているのか？　三年もたてば、世代が入れ替るものだが。

「――森田卓郎《たくろう》君」

という名を聞いて愕然とする。

あの森田か？　やはりひどい骨折をしたはずだが。あいつがトラックに戻っているのか？

そのとき、さらに信じられないことが――。

「大杉勇《ゆう》一《いち》君」

――何だって？　俺が出ている？

あわててクシャクシャになった招待状を取り出して開くと、初めて気付いた。三年前の今日、あの日への招待状なのだ。

呆然としている内、八百メートル走はスタートしていた。――俺が走っている！

そのとき、隣の夫婦の話が耳に入って来た。

「卓郎は大丈夫かしら……」

と、女房が不安げに言った。

「必ず一位になる、と張り切ってたけどな」

と、夫が女房の肩を抱いた。

卓郎。――では、この二人は森田の両親なのか！

ふざけやがって！　お前たちの息子のおかげで、俺は――。

「私のために、あの子は無理をして……」

と、女房が目を伏せる。

「見ろ。二番目で走ってるよ。でも、あの一位の人は有名なんだろう。とても勝てないだろうよ」

「私はいいのに――。あの子が心配だわ」

トラックを一周した。そして二周めに入る。

ふと思った。あのレースを変えられるとしたら？　あの事故さえなかったら、俺は今でもトップアスリートでいられる。

しかし、観客席からでは、遠すぎてどうにもならない。

そのとき――突然隣の女房の方が胸を押さえて苦しげに呻《うめ》いた。

「大丈夫か！　だからやめておけと……」

大杉はとっさに、

「森田君のご両親ですか」

と、声をかけていた。「森田君を呼び止めましょう。この前を通るから、大声を出せば聞こえますよ」

「いえ……。大丈夫です」

と、女房は苦しそうに、「あの子を……走らせてやって下さい」

「しかし……」

「こいつは明日心臓の手術をするんです」

と、夫が言った。「助かるかどうか、難しい手術で。卓郎が、『一位になったら、きっと母さんは元気になる』と言って……」

「一位でも二位でも、私はいいんです。あの子の気持が……」

――大杉たちが目の前を駆け抜けて行った。

それで、あのとき、森田は無理に俺を抜こうとしたのか。却《かえ》ってどっちもけがをしてしまったのだが――。

「おい!」

夫が、ぐったりと倒れる女房を抱き寄せた。

「救急車を」

と、大杉は立ち上った。「急いで運びましょう!」

もうレースを見ていなかった。大杉は森田の母親を抱え上げて駆け出していた……。

夜、家へ帰ると、玄関の前に男が立っていた。

「大杉さん……」

「森田君か」

「申し訳ありません！」

と、深々と頭を下げて、「あれから、どうなさっているか、気になっていたんですが、なかなか来られなくて。本当に……」

「君はどうしてるんだ？」

「また走っていますが、もう大会に出ることは……。大杉さんは……」

「お母さん、具合が悪かったとか聞いたが、どうしてる？」

「あのとき、病院を抜け出して見に来ていて、倒れたんです。でも、幸い近くにいた方が急いで母を運んで下さって、一命をとりとめました。今も元気にしています」

「それは良かった」

「でも、大杉さんはもう……」

「人間、運がないってことは誰でもあるさ。しかし、嘆いてばかりいても運は拓《ひら》けない。何か新しいことを始めてみるよ。まだ先は長いんだ」

「はい……」

そのとき、玄関が中から開いた。大杉はそこに充子がいるのを見て、びっくりした。

「今までどこに行ってたの？」

と、充子が言った。「ちょっと留守にしただけで、ひどいわね、家の中！　努がパパに会いたいって言うから」

「そうか。——俺も会いたかったよ」

と、大杉は言った。

充子は森田を見て、

「お客様？」

「ああ、以前の仲間さ」

と、大杉は言って、森田の肩を抱いた。

伝説の〈老眼〉バンド

Kanransha

Akagawa Jiro
Short Short OUKOKU

「どうするんだよ」

沈黙。

「どうする？」

沈黙。

「——で、どうするんだ？」

その場にいる四人の男たちは、それぞれ三回は、同じ言葉を発していた。つまり、少なくとも十二回は、「どうするんだ」という言葉が飛び交ったことになる。

そういう状況になったのは、「どうするんだ？」に答えられる者が一人もいなかったからだ。

「しかし……」

と、髪が真白《まつしろ》の男が言った。

「今さら中止できないだろう」

「中止か……。しかし、何と言うんだ？　実は俺たちは本物じゃありません、って言うのか？」

「それじゃ、詐欺だよ！　訴えられたらどうするんだ」

「いや、客の方が勘違いして来たんだぜ。俺たちは何も……」

「だけど、うたい文句に使った、〈伝説のバンド、奇跡の復活！〉ってのがまずかった。俺たちは〈伝説のバンド〉なんかじゃないからな」

「いや、県立高校第二十期生の間じゃ、〈伝説〉かもしれんぞ」

「今じゃ、誰も憶えちゃいないよ」

――この四人。全員かつては同級生で、今は七十四歳。白髪の一人を除いて、三人はほとんど頭髪がない。

この狭い〈楽屋〉でため息をついているのは――。

本当はただの物置のこの部屋。壁に貼られた手作りのポスターには、〈P・1・G、復活コンサート！〉とあった。

今から五十年以上前、若者たちを熱狂させたバンドがあった。その名も〈P・I・G〉。

この四人のバンドとどこが違うかというと、真ん中の文字が、本物は〈I〉（アイ）だが、彼らのは〈1〉（いち）だという点だった。

久々の同窓会で会った四人が、酔った勢いで、

「もう一度やろう！」

と盛り上って、錆《さ》びついたエレキギターやドラムセットを引張り出しての……。

この内の一人が、市役所のOBで、ちょうど空いていた〈市民ホール〉を借りた（タダ同然で）。何と五百人も入るホールだ！

「十五、六人来りゃいい方だな」

と、笑って、「年寄りの冷や水」のつもりだった。

ところが——入場料千円のチケットはアッという間に五百枚完売してしまったのだ。きっかけは、かつての〈P・I・G〉ファンが、ポスターを見て勘違いし、〈あのバンドが帰ってくる！〉と、ツイートしたことだった。たちまち話が広がって、五百枚完売というわけだ。

それを四人が知ったのは、この会場へやって来てからだった。ホール前に、いやに人が集まっているので、首をかしげたのだが、事情を知って仰天した。

確かに、〈P・1・G〉は〈P・I・G〉のコピーバンドだから、高校の文化祭で何曲

か演奏している。しかし、もちろん素人芸だ。大体四人とも、もう何十年も演奏していない。この日のために、二、三度合わせただけ。

「もう開演時間だ。仕方ない。四人で出て行って謝ろう」

そのとき、会場から、

「〈P・I・G〉！〈P・I・G〉！」

という、〈P・I・G〉コールが聞こえて来たのだ。四人は絶句していたが——。

「よし！　やろう！」

と言ったのはリードギターの〈トンちゃん〉。

「おい、本気か？」

「下手《へた》でもいい。思い切りやろう。どうせ本物でないことはすぐばれる。二、三曲やって真相をばらそう」

「しかし——〈トンちゃん〉、大丈夫か、お前？　心臓が悪いんだろ？」

「なあに、本物の〈トニー〉だって、心臓が弱かったんだぜ」

〈トニー〉と違うのは、〈トンちゃん〉が、えらく太っていて、高校生のころ七十キロ。今では百キロを超える巨体だということだった。

「〈P・I・G！〉」コールはどんどん大きくなった。四人とも覚悟を決めた。

「よし！　行こう！」

と立ち上って、「おっと！　メガネ！　これがないと譜面が見えない」

四人は老眼鏡をかけて、ステージへと飛び出した。

ワーッという大歓声。四人を見たら、シラけてしまうだろうと思ったのに、拍手は一向におさまらない。

「行くぞ！」

〈トンちゃん〉――いや、気持だけの〈トニー〉は、ギターを手にすると、思い切りかき鳴らした。ドラムがリズムを刻む。ベースギター、エレクトーン。

ともかく一曲目は予想以上にうまく行った。盛大な拍手。

こうなったら、ばれるまでやろう！

四人は同じ思いだった。

だが――二曲目を始めたとたん……。

「え？　見えねえぞ」

「何だ？」

譜面を見ようにも、視界が真白になってしまった。

場内の熱気で、メガネがくもってしまったのだ！

これじゃ、何も分らない！

四人は焦ったが……。

「勝手にやろう！」

と、〈トンちゃん〉が怒鳴って、エレキギターをかき鳴らした。

四人がそれぞれ目一杯演奏しまくるので、轟音《ごうおん》はホールを揺るがさんばかり。――そうだ。〈トニー〉はコンサートのクライマックスで、リードギターの弦が切れるかという勢いで弾きまくっていた。

これでどうだ！

〈トンちゃん〉は、力の限り、ギターをかき鳴らした。三分、五分、七分……。

客の手拍子が後押しする。〈トンちゃん〉は、もはや自分が何をやっているのかすら分らなくなっていた。

そして――〈トンちゃん〉は視界が暗くなるのを感じた。

あれ？　どうしたんだ？　照明が切られたのかな？

そう思っている内、〈トンちゃん〉は目の前が真暗になって、気を失った……。

「〈トンちゃん〉！」

「おい、〈トンちゃん〉！　しっかりしろ！」

遠くから聞こえていた声が、段々近付いて来て、〈トンちゃん〉は目を開いた。

「――気が付いたか！」

こっちを覗き込んでいる三人の顔を見上げて、

「俺は……どうしたんだ？」

「憶えてないのか？　演奏してて、気を失ったんだよ」

「そうか……。だらしないことになっちまったな」

と、〈トンちゃん〉は苦笑して、「客は怒ってたか？」

「いや、みんな心配してたよ。〈トニー〉は大丈夫ですか、って」

「こんな太った〈トニー〉がいるかな」

ゆっくり起き上ると、「じゃ、コンサートは……」

「二曲目で終ったよ。しかし、良かった。俺もドラムを叩いてて、スティックが飛んでっちまったんだ」

「俺の頭に当った。客に当らなくて良かったよ」

〈トンちゃん〉は、もう一人の男が、〈楽屋〉にいるのに気付いた。

「こちらの方が、〈トンちゃん〉を診て下さったんだ。お医者さんだよ」

「こりゃどうも……。お手数をかけて」

「いやいや」

いかにも紳士という感じの老人だった。「すばらしい演奏を聴かせていただいた。そのお礼ですよ」

「とんでもない。我々が〈P・I・G〉でないことはお分りでしょう？」

「まあね」

と、紳士は肯いて、「しかし、客は満足したでしょう。みんな、若いころの自分に会いに来たのですから」

そして付け加えて、

「みんなのメガネもくもっていましたしね」

紳士は一礼して、

「では、失礼。――心臓、お大事に」

と言って出て行った。

〈トンちゃん〉は少しの間、ポカンとしていたが、

「――そうだった」

「どうしたんだ？」

「忘れてた。〈トニー〉は〈P・I・G〉が解散してから、医者になったんだ」

いつもと違う日曜日

Kanransha

Akagawa Jiro
Short Short OUKOKU

「いてっ！」

拓二《たくじ》は歩道の端にあった立て札をけとばして、声を上げた。

畜生！　何でこんなに立て札の多い町なんだ！

さっきから、もう三回も立て札をけとばしていたのである。用心して歩けばいいようなものだが、拓二の目はズラッと並んだ団地の建物の方に向けられていた。

「あれか……」

かなり大きな団地で、棟の間には子供たちの遊び場や、ベンチが置かれている。そろそろ日の暮れる時刻、四、五階の棟の窓にはほとんど灯がともり、街灯の青白い光が、サラリーマンたちの家路を照らしている。

バス停にバスが停ると、ドッと吐き出されて来る、みんな似たようなコートをはおった男たち。

一週間働いた疲れが、我が家の近くに来ると出てくるのだろう。みんなおかしいくらい一斉に大欠伸《おおあくび》をしている……。

「ご苦労だな」

と、拓二は呟いた。

俺はごめんだ。飼いならされた牛か羊みたいに、毎日こうして「疲れた行進」をくり返すなんて。

俺は、もっとスリルのある生き方をするんだ。時には命がけで、大金を手にして、当分は遊んで暮らす。金がなくなったら、またひと仕事やればいい。世の中、どこかに金がたまってるものなんだ……。

拓二は目立たないように、サラリーマンたちと同じようなコートをはおっていた。

そして、棟の間にある、平屋作りの建物へと足を向けた。

〈団地集会所〉というパネルが、建物の入口に取り付けてある。――昼間は、住人たちがここを借りて、生け花だの、エアロビクスだのをやっているのだろう。

そして、住人の誰かが亡くなると、ここでお通夜もあるらしい。

拓二は、団地内のあちこちにある監視カメラをチラチラと横目で見ながら、怪しまれないように、その〈集会所〉の傍を通り過ぎた。

建物の裏側は、ちょうど階段のかげになっていて、街灯の明りも届かないので、真暗だ。

うん、こっち側からなら、簡単に入れるだろう。

防犯設備はほとんどないと分っていた。大体、いつもは空っぽの建物なのだ。盗まれるようなものはないのだろう。——いつもは。

拓二は、怪しまれないように、集会所の先をずっと大きく回って、元の道へ戻って行った。

「おっと！」

街灯の明りがあまり届かない道で、いきなり走って来た男と出くわして、危うくぶつかりそうになった。

「気を付けろ！」

と、つい怒鳴ってしまって、拓二は「しまった」と思った。

仕事をやろうというときは、できるだけ人目についてはいけない。ことに、その近所の住人と言い争いになったりすることは避けなければ。

「失礼しました」

と、拓二は急いで愛想よく言い直した。

すると相手は、

「いえいえ、こちらこそ」

と、息を弾ませて、「汗が目に入って、前がよく見えないので」

「はあ……」

なるほど。見たところ六十は過ぎているだろうが、ランニングシャツに短パン。夜になるとこの辺を走っているらしい。

「他にも何人か走ってますから」

と、その男は言った。「ぶつからないように用心して下さい」

「分りました。ご親切に」

「いやいや、では失礼」

と、また男はスタスタ走り出した。

「――もの好きがいるんだな」

と、拓二は呟いたが――。

ザッ、ザッと音がして、何かと見ると、同じようなランナーが七、八人もやって来る。

あわてて道の端へよけた拓二だった……。

きっかけは、元ガードマンだった友人の話だった。

一緒に飲んで、酔いが回ってくると、「どうしてガードマンをクビになったか」のグチを山ほど聞かされた。

「そりゃあ、仕事の途中で抜け出して、二、三杯引っかけてくるってのが、ほめられたことじゃねえのは分ってるさ」

と、その友人は言った。「だけど、ほんの十分——いや、五、六分だぜ。それでクビはひでえよな。そうだろ?」

たぶん、実際には三十分以上、サボっていたのだろう。

「だけど、そんな団地に、ガードマンの仕事があるのか?」

拓二がふしぎに思って訊くと、

「ないよ。めったにない」

と、友人は即座に言って、「でもな……ここだけの話だぜ」

と言うわりには、声を小さくするでもなく、

「月に一度、あの団地でバザーがあるんだ。大勢が色んなものを持ち寄って売る。——これが結構な金額になるんだよ」

「へえ」

「いつも第四土曜日にバザーがあってさ、しかし、銀行は休みだろ？　だから、月曜まで、売上げは集会所の手さげ金庫に入ったままなんだ。だから、土曜日の夜から月曜日の朝、銀行の人間が取りに来るまで、見張ってなきゃいけないのさ」

「なるほど。でも——せいぜい何十万ってとこだろ？」

「そう思うだろ？　それが百万単位なんだ。多いときは三百万以上になるんだぜ」

「大したもんだな」

それきり、話は他のことに移った。しかし、拓二は適当に友人の話に肯いて見せながら、その団地の金のことばかり考えていた……。

怪しまれてはいけない。

土曜日、拓二は団地の外を散歩して、バザーが開かれていることだけ確かめた。

本当に、想像以上の人が出ていて、大変なにぎわいだった。——あれなら、まとまった金ができるだろう。

ちゃんと下調べはしてあった。

土曜日の深夜に集会所へ忍び込む。手さげ金庫など、こじ開けるのは簡単だろう。

何なら、そのまま大きなバッグにでも入れて持ち出してもいい。

問題は、いつ出て行くか、だ。

夜中は、団地の中は街灯が多くて、明るいのだ。大きな荷物を持って歩けば目立つだろう。

何度かその団地の前を通り過ぎて、日曜日の朝が一番目につかない、と分った。団地の住人たちは日曜日、朝はゆっくり寝ている。そして、辺りが明るくなってくるころ、街灯も自動的に消える。

そのときが狙い目だ。――そして、土曜日の夜。


拓二は、アッサリと集会所へ忍び込んだ。

そして、戸棚の鍵を壊して、手さげ金庫を見付けた。こじ開けると――。

思わずニヤリとした。一万円札が分厚く束ねてある。硬貨は重いし、音がする。どうしようかと思ったが、残して行くのは惜しい。

「よし……」

手さげ金庫ごと持ち出せば、音もしないだろう。――拓二は用意していた布の袋に手さげ金庫を入れて、息をついた。

さぁ、後は夜明けを待つだけだ。

――やがて、窓の外が白んで来た。街灯が消える。

「よし、行くぞ！」

拓二は重い袋を肩にかけて、外へ出た。

そして、足早に表の通りへ……。

「――何だ、これは？」

通りに、大勢の人が出ているのだ。――こんな時間に？

「おっと、失礼」

ぶつかりそうになったのは、ランニングをしていた男だった。

「あの……何ごとですか？」

と、拓二は訊いた。

「え？」

「この人出は……。こんな朝早くから」

「ああ、もちろん、マラソンですよ」

「マラソン？」

「そこら中に立て札が立ってたでしょう？　朝早く、ここの近くからスタートして、八時ごろにはこの道を通るんで、みんないい場所を取ろうとして」

立て札！　やたら立ってるとは思ったが、何が書いてあるか、読もうとしなかった。

団地の中からは、何人もが出て来る。

そして、見物人の整理のために、当然のことながら、警官が何人も出ていた。

拓二が呆然と立っていると、

「あなた、何してるんですか？」

と、警官が声をかけて来た。「その荷物、何です？」

「あの……」

と、拓二は口ごもってから言った。「重いんで、もう下ろそうと思ってたんです……」

おとぎ話の忘れ物

Kanransha

Akagawa Jiro
Short Short OUKOKU

こんなはずじゃなかったのに……。

結婚して何年かたつと、たいていの女性はそう思って、ため息をつく。

おとぎ話の主人公のこの人も、例外ではなかった。

もちろん、恋して、結ばれたときは幸せ一杯だったのだけれど、そのときは考えていなかったのだ。「王子」はいずれ「国王」になる、ということを。

王子と結ばれて、男の子と女の子を一人ずつ産み、「私は世界一幸せな、おとぎ話のヒロインだわ！」と胸を張っていた。

でも、王子が国王になると、とたんに役目が増えて忙しくなった。連日、会議や面会をこなし、年中、国の方々《ほうぼう》に、視察やイベント出席で出かけて行く。

おかげで、二人きりの時間など、ほとんど取れなくなってしまった。

子育ても、一人ずつに大勢の乳母《うば》がついているので、することがない。

彼女は、時間を持て余していた……。

「――王妃さま！」

と、侍女のアンナがバタバタと駆けて来た。

「王妃はやめてと言ったでしょ。シンデレラっていう名前があるんだから」

と、彼女は言った。「どうしたっていうの？」

「シンデレラさま、大変です！」

と、アンナが息を切らしながら言った。

「どうしたっていうの？」

と、シンデレラはもう一度訊いた。

「盗まれたんです！　あれが」

「あれ、じゃ分らないでしょ」

「あの――あれです。シンデレラさまの、〈ガラスの靴〉が！」

「まあ！」

これには、さすがにおっとりしたシンデレラもびっくりした。

王子との間を取りもってくれた、と言ってもいい、ガラスの靴。それは二人の愛の記念として、ガラスのケースに入れて、この王宮の広間に飾られていたのだ。

「ガラスのケースが割られていて……。誰かがガラスの靴を持ち去ったのです」

と、アンナは泣き出しそうになっている。

「まあ……。でも、あれを盗み出して、どうしようっていうのかしら?」

シンデレラと王子にとっては、むろんかけがえのない宝物だが、他の人間にとっては……。

「王様にお知らせしなくては」

と、シンデレラは言った。「今日はどちらへお出かけだったかしら?」

「確か……どこぞの美術館のオープニングセレモニーに」

「それでは、お電話しない方がいいわね。では、メールしておきましょう」

国王のケータイにメールすると、

「そのケースを見てみましょう」

と、シンデレラは立ち上った。

ガラスのケースはみごとに粉々になっていた。胸ほどの高さの台の上に飾ってあったガラスの靴は消えてなくなっている。

シンデレラはため息をついていたが――。ふと、足下のカーペットを見下ろして、丸いくぼみが四つ、ついていることに気付いた。

もしかして、これは……。

すると、そこへ別の侍女がやって来て、

「シンデレラさま、あのガラスの靴が……」

「見付かったのですか？」

「いえ、それが……」

と、口ごもって、「今、ネットオークションに出ています」


パソコンの画面に出ているのは確かにあのガラスの靴。

「何という罰あたりなことを」

と、アンナが嘆いた。

「でも……ガラスの靴の値段が五百円？　たった？」

シンデレラには、そのことがショックだった。

「いえ、これから他の人が値をつけていきますから、もっと上ります」

「そうなの？」

それでも、しばらくは五百三十円とか五百八十円とか、情なくなるような上り方だったのだが、〈シンデレラのガラスの靴が売りに出てる!〉というニュースがネットに流れると、急に上り始めて、すぐに五千円、一万円という値がついた。

「もうひと声!」

などと張り切っている侍女がいたりして、

「値段のつけようがない宝物ですよ」

と、シンデレラに叱られている。

しかし、時がたつにつれて、値は上り、ついには二十万円を突破してしまった。

「さすがですね!」

と、アンナが肯く。

「感心している場合ではない。誰がここに出しているのか、調べられないのですか?」

「さあ……。こういうものには、とんとうとくて」

「困ったわね。本当に売られてしまったら、取り戻せなくなってしまう」

シンデレラは頭を抱えた。

そして、ふと思い出した。

あの、壊されたガラスケースの前のカーペットについていた、四つの丸いくぼみのことを。

「ご機嫌よう、お母さま」

と、王子は天使のような笑顔を見せて言った。

「堅苦しい言い方はよしてちょうだい」

と、シンデレラは両手を広げて、「さあ、ママにキスしてちょうだい」

十二歳になった王子は、どことなくぎこちない様子で、シンデレラにキスすると、

「お母さま、目尻に小じわが」

と言った。

「まあ、ませたことを」

と、シンデレラは苦笑して、「ね、本当のことを教えてちょうだい。私のガラスの靴を盗んだのはお前なの?」

王子はちょっとびっくりしたように目を見開いて、

「どうして分ったの?」

と訊いた。

「やっぱりね。——あの台の高さなら、大人は立ったまま取ることができます。でも、カ

ーペットには四つのくぼみが。椅子の脚の跡ね。あの台に、椅子にのらなくては手が届かないのは、子供でしょう」

「さすがお母さま」

「ほめてもらわなくてもいいわ。でも、どうしてあんなことを？」

「お父さまとお母さまが、このところあんまり仲が良くないみたいに見えたんだ。だから、昔のことを思い出してほしくて」

「まあ、この子は……」

シンデレラはちょっと詰ったが、「それだけではないでしょう？　ネットで売りに出したのは、お金がほしかったから？」

「あ、ばれてた」

と、舌を出して、「だって、おこづかいってもらえないんだもの。何でも買ってくれるけど、人に知られないで、こっそり買いたいものもあるんだ。妹とも相談して、あれが一番高く売れるだろうって……」

シンデレラはため息をついて、

「分りました。お前ももう小さな子供ではないしね」

と言った。「ガラスの靴は、私が買います。あなたたちには、これから決ったおこづかいを渡すようにしますから。二度とこんなことをしないように」

「はい、お母さま」

――シンデレラがこういう対応をするのも、計算していたのかもしれない。

一人になると、シンデレラは呟いた。

「こんなはずじゃなかったわ……」

子供はどんどん大きくなる。

「やっぱり、おとぎ話の主人公はトシをとらない方がいいわね……」

孤独な魔法使い

Kanransha

Akagawa Jiro
Short Short OUKOKU

　ファンファーレと、まぶしい照明の中、スターは颯爽《さっそう》と登場した。

「お待ちかね！　現代のスーパーマジシャン！　ネロです！」

　司会者の声が耳に痛いほどの大音量で会場を満たす。彼は思わず手で耳をふさぎそうになった。

　スターマジシャンという呼び名が、この男によって定着した、と言ってもいいだろう。

　そのスター、ネロは、全身銀色のスーツで現われて、彼を苦笑させた。

　彼はいつも弟子に言ったものだ。

「いいか一郎《いちろう》、魔法使いっていうのはな、目立たないように、ひっそり生きていかなきゃならないんだ。魔法使いであることを人に気付かれないように。珍しがられ、恐れられている内はいい。しかし、それが度を越すと、嫌われ、憎まれる。――そうして、これまでどれだけの仲間たちが命を落としたか……」

そして、弟子に念を押した。

「間違っても、魔法で食べて行こうとか、成功しようとか考えるんじゃないぞ」

一郎は彼の言葉にいちいち肯いていた。

しかし、おそらくあのころから、一郎は心の底でひそかに考えていたに違いない。

「師匠はこう言ってるけど、俺は成功してみせる。有名になってみせる！」

と……。

そして今――一郎は、〈ネロ〉という名でＴＶや映画にも出演する大スターになっている。

もう、彼の手の届かない所へ行ってしまった。

彼。――定九郎《さだくろう》。いや、本物の魔法使い。しかしネロとなった一郎は、恩師のことなど、すっかり忘れているに違いなかった……。

数千人も入る、広い宴会場で、ネロのスーパーマジックは大人気である。

派手な照明、耳をつんざく音楽。そのリズムにのせて、ネロは次々にマジックをくり出す。拍手、歓声、口笛……。

「あいつ……」

客席の片隅に座って、定九郎は舌打ちした。

一郎は師の魔法を完全にマスターしているわけではない。そこそこ、初心者レベルの術を覚えたところで、定九郎の下《もと》を去ってしまったのだ。

そして数年……。

定九郎は、大衆食堂で丼物を食べながら見ていた店のＴＶに、派手な衣裳《いしょう》で登場する一郎を見て仰天したのだった。

一郎はその数年の間に、ごく普通の、「種も仕掛けもある」マジックを学んだのだ。そして、ショーアップした見せ方のテクニックも。

定九郎は、一郎がネロと名を変えて人気者になったことには怒らなかった。人にはそれぞれ生き方がある。一郎は、有名になり、金を手に入れる生き方を選んだのだ。

しかし、ただ一つ――。定九郎が腹を立てたのは、マジシャンのネロが、仕掛けのあるマジックを見せながら、肝心のところでは本物の魔法を使っていることだった。

その種明かしは誰にもできない。当然だ。種などないのだから。

ネロは、こうして「誰にも仕掛けの分らない、凄腕マジシャン」として有名になっていた。

――ショーは後半に入っていた。

「さぁ、皆様お待ちかねの時間がやって来ました！」

と、司会者がオーバーに盛り上げる。

「お客様の一人を、この場から消してごらんにいれます」

と、ネロが会場を見回す。「昨日は若くて可愛い娘さんでしたが、今日は？　――若くなくて可愛くないおじさんがいいかな？」

ドッと笑いが起る。

ネロはステージから客席へ下りて来る。

そして客席の間をゆっくり歩いて行った。

ネロは、一人の客を選ぶと、ステージの箱の中とかでなく、その席から消してしまうのである。

そのトリックは、誰にも分らなかった。

そう。――このとき、ネロは本当の魔法を使っていたのだ。

消された客は、会場の外の噴水に現われることもあるし、自分が卒業した小学校の教室に現われることもあった。

誰もが、このふしぎなマジックに喝采を送った……。

「さて、今夜は――」

と言いかけて、ネロの足が止った。

「これは驚いた！」

と、ネロは言った。「昔の知り合いと、思いがけず出会いました」

「まだ憶えていたか」

と、定九郎は言った。

「もちろんですとも！」

ネロはにこやかに、「ご紹介しましょう！　私の昔の先生です」

促されて、定九郎はゆっくり立ち上った。

盛んな拍手が起った。

「先生、今日は私の腕前を確かめに？」

「ああ、評判を聞いてな」

「それは嬉しい！　――どうですか、ご感想は？」

定九郎は肯いて、

「うん、楽しんどるよ」

と言った。

「ありがとうございます！」

と、ネロは声を上げて、「私の恩師に拍手を！」

しかし——もし鋭い観察眼の持主だったら、二人が笑顔でいても、目は笑っていないということに気付いただろう。

定九郎にはネロの心が読めた。

ネロは、定九郎が自分のマジックの秘密をあばきに来たと考えている。

誰もが、ネロのマジックはすべて仕掛けがあると思っている。だからこそ拍手喝采しているのだ。

それが「本当の魔法」だと知ったら、人々は引いてしまうだろう。そして、ネロのことを、気味悪がるだろう。

そんなことはさせない！

「先生、どうです。今夜は先生を、どこかお好きな所へお連れしますよ、一瞬で」

と、ネロは言った。

「ありがたい。では隣のホテルのバーへ連れて行ってくれ。飲物付きでね」

ワッと会場が沸く。

「お安いご用です。お好きなだけ飲めるようにしましょう」

アシスタントのビキニ姿の美女がフワリとした毛布を持って来る。

「では先生、この毛布をかぶって下さい」

「待ってくれ。その前に……」

定九郎は、ネロをしっかり抱きしめた。

「ここまでよくやったな！　俺の誇りだ」

「ありがとう、先生。では――」

席に座った定九郎を、毛布でスッポリおおうと、ネロはニヤリと笑った。

俺の邪魔をさせてなるもんか！　二度と俺の前に現われるな！

ネロは、定九郎を遠いアマゾンのジャングルの奥地へ送ろうとしていた。

毒蛇にかまれるか、ワニに食われるか、生きては帰れないぞ。

一度くらい、注文通りの所に届かなくても、人はふしぎに思わないだろう。

「では――」

と、ネロは毛布に手を当てた。「三、二、一……行け！」

その瞬間、定九郎は毛布をはね上げて、ネロも毛布の中へと引き込んだ。そして、客は、毛布が床に落ちて、「二人とも」姿を消してしまったのを見て、一瞬びっくりし、それから、これが新たなマジックなのかと思って、

「ブラボー！」

と、叫んで拍手した……。

定九郎は手の中の一本の髪の毛をじっと見つめていた。

ネロに抱きついたとき、その上着の肩についていた髪の毛をつかんでいた。

相手の体の一部があれば、魔法をかけるのは簡単だ。

「今度こそ……。間違った道へ行かないように……」

定九郎は、ゆりかごの中の赤ん坊へ語りかけた。

「いいか、一郎、魔法使いっていうのはな、目立ってはいけないんだ……」

自宅待機の名探偵

Kanransha

Akagawa Jiro
Short Short OUKOKU

「早く来てほしいのに、来てほしくないものは？」

これは謎々でも何でもない。少なくとも、ぼくたち役者にとっては。

答えは「舞台の初日」である。

とことん稽古をした、という自負もあるが、初日の幕が開いたとたん、頭の中から、すべてのセリフが消えてなくなってしまうという恐怖にもさいなまれる。

でも——ともかく、「泣いても笑っても」明日は初日だ。ここまで来ると、開き直って、

「何とかなるさ！」

という気持になる。

特に、主役にミドリを連れて来ることができた。ＴＶでも顔が知られている人気者で、芝居の実力もあるミドリのおかげで、チケットはアッという間に完売していた。

それだけでも、小さな劇団にとっては、大したことだった。――ぼくはその劇団の主宰者でもある。

そして、ついでながら付け加えると、ミドリはぼくの恋人でもあった。

明日に備えて、今夜は早く寝よう。

軽めの夕食をとって、ぼくは一人暮らしのアパートへと帰って行った。

すると――部屋の前にポツンと立っているコートをはおった女性の姿が。

「ミドリ！　どうしたんだ？」

ぼくはびっくりして声をかけた。すると、その女性は少し困ったように、

「どうも……」

と、小さく頭を下げた。「戸田《とだ》さんですね？」

「――え？」

「私、ミドリの妹で、久美《くみ》といいます」

冗談よせよ！　そう言いかけて、ぼくは思い出していた。ミドリが、

「私、双子の妹がいるのよ」

と言っていたことを。

「じゃ、妹さん？　本当にそっくりだね！　でも――どうしてここに？」

「あの、実は……」

ミドリとは正反対に、内気そうな妹は、おずおずと言った。


「――どうするんだ？」

アパートの部屋で、ぼくは久美と向い合って、呆然としていた。

「姉も、本当に申し訳ないと言っています」

「そう言われても……」

ミドリが昨日会っていた男性が、新型インフルエンザにかかっていたことが分った。そのせいで、ミドリは二週間、自宅から出られなくなってしまったというのだ。

二週間といえば、今度の公演、丸ごと全部だ！

「姉から電話をもらって――」

と、久美は目を伏せながら、「戸田さんによくお詫びしてくれと」

「いや、しかし……。彼女が主役なんだよ。今さら……」

しかし、ミドリに無理に出てもらうわけにはいかない。

もし、ミドリが感染していたら、他の出演者にうつるかもしれないし、さらには客にも感染する心配がある。

「久美君……だっけ。君は大丈夫なの？」

「姉とは別に暮しているので」

「そうか。しかし……参ったな！」

ぼくは頭を抱えた。公演が中止となれば、チケット代を払い戻し、しかも会場費は取られる。ぼくの小さな劇団は破産するしかない……。

ぼくは時計を見た。明日の開演まで二十時間しかなかった。


幕が下りた。――そして、一瞬の間を置いて、盛大な拍手がわき起った。

カーテンコールに応えるぼくは全身、汗でびっしょりだった。

と、ぼくは隣に立っていた主役――久美に言った。

「――いや、良かった！」

「何もできなくて……」

と、久美も汗をかいて言った。

――劇はミステリー仕立てで、ミドリは主人公というより、謎を解き明かす名探偵役だった。

だから、ドラマの途中でのミドリのセリフは多くない。――ぼくは出演者たちに、できる限りミドリのセリフを変えて言わせるようにした。

久美は、きちんとメークをして衣裳をつけると、ミドリその人に見えた。

主役なのに、最小限のセリフしか言わない舞台に、客は戸惑っていたようだが、劇そのものがよくできていたことと、最近はわざと変った作りの劇も多いので、納得してくれていたのだ。

ただ、ラストの謎解きだけは、ミドリがずっとしゃべらなければならない。

ぼくは正に「苦しまぎれ」で、ラスト直前に探偵が犯人に刺されるという設定にして、謎解きの長ゼリフは、ミドリが電話で語る声を流すことにした。

これも変った趣向と思われたのだろう、客はちゃんと受けいれてくれたのだ。

そしてカーテンコールには久美が登場する。

初日は無事に終った。

それでも、綱渡りの気分で、一日一日と公演は過ぎて行った。この間、ぼくが冷汗をどれだけかいたか、ためておいたら池でもできそうだった。

久美も、毎日舞台に立つ内に、しっかりセリフが言えるようになり、共演者たちをいくらかホッとさせた。

そして――ついに千秋楽の日を迎えた。

「では、謎を解いてもらうことにしよう」

と、ぼくは言った。「彼女は、負傷したものの、話ができるということで――」

そこで、いつもなら電話の声が入るのだが、

「大丈夫。お話しするわ」

というセリフと共に、何と本人が車椅子で現われたのである。

唖然とするぼくらに微笑みかけて、

「そもそも、この事件には不自然なことが多過ぎました……」

と、語り始めたのである。

――ミドリだ！

そこにはぼくの知っているミドリ本人がいた。

そして――カーテンコールが終ると、

「ミドリ！　君なんだろう？」

と、ぼくは言った。

「心配かけてごめん」

と、彼女は言った。「昨日で二週間過ぎたから」

すると、突然、幕がもう一度上った。帰りかけていた客がびっくりして足を止める。

そして、舞台の奥から、全く同じ衣裳の、そっくりな女性が現われたのだ。

客がざわめく中、ミドリは、

「これは妹の久美です。女優を目指していますので、よろしくお願いします」

と、客席に向って言ったのである。

拍手が起った。このハプニングは、アッという間にネットに広がるだろう。

楽屋口を出ると、

「お疲れさま」

と、声をかけ合って別れて行く。

姉妹は夜道をゆっくり歩いて行った。

「お姉さん、ありがとう」

と、久美が言った。

「どういたしまして。でも、感染していなくて良かったわね」

「うん。千秋楽だけでも出られて良かったわ」

二人を追いかけて来ていたぼくは、思わず、

「え？」

と、声を上げてしまった。

「何だ、聞いてたの」

と、ミドリが振り向いて、「どっちが自分の恋人かも分らないの？」

「それじゃ……。あの夜、アパートに来たのは……」

「私、ミドリよ。久美を舞台に出してやりたくてね、いつかあなたに頼もうと思ってた。

そこに、久美が二週間自宅にいると聞いてね、思い付いたの。これで話題になるでしょ」

「じゃ、ずっとミドリが出ていて、今日久美ちゃんが？　――ひどいじゃないか！」

「あら、劇団としては、このお芝居を私と久美と、ダブルキャストで再演したら、大入りになるわよ」

「え……。それは……いいアイデアだね！」

貧乏劇団としては、こんなありがたい話はない。

「ね？　持つべきものは、やさしい恋人でしょ？」

「うん……。君、本当にミドリなのか？」

そう訊いたぼくは、ミドリに足を思い切り踏まれて、痛さに飛び上った。――間違いない、こっちがミドリだ！

にぎやかな図書館

Kanransha

Akagawa Jiro
Short Short OUKOKU

その図書館の入口には館名よりも大きな、倍くらいもある字で、〈静粛！〉と書かれた貼り紙がしてあった。

そして中に入ると、靴を脱いでスリッパにはきかえる所に、〈スリッパの音をたてないように！〉という立て札があり、本の貸し出しカウンターには〈沈黙！〉という紙が貼ってあった。

もちろん、本を借りる人、探している人は、係の人に、

「あの……」

と、声をかけて訊かなければならなかったから、完全に黙っていることはできなかった。

でも、そんなときも、極力小さな声で話さなくてはならなかった。

その理由は――貸出カウンターの奥に、一日中難しい顔をして座っている年寄りにあっ

た。

その男は、他の職員から「部長さん」と呼ばれていた。この図書館は市立なので、名目上、館長は今の市長になっている。だから、ここの事実上のトップは、もう七十を過ぎているると思われる「部長さん」だった。

「図書館は静寂が支配していなければならない」

というのが、この部長の信念だった。

だから、図書館は結構広いのだが、中へ入ると話し声はひと言も聞こえず、パラリ、パラリとページをめくる音、メモを取るボールペンの音ぐらいが耳に入ってくるだけだった。

ところが――ある午後だった。

パタパタとスリッパの音もやかましく、高校生の男の子たちが四、五人入って来ると、

「何か、ずいぶんボロい建物だな」

「もとは昔の学校の体育館だったらしいぜ」

「へえ。それで天井が高いのか」

「でもさ、ここって、以前は地元の人間は絶対近寄らなかったんだぜ、知ってる?」

「へえ。どうして?」

「幽霊が出るんだ、夜になると」

「本当かよ！」

ただでさえ大きな声が、高い天井に響く。

「――おい！　君たち！」

あの部長が、真赤な顔をして、カウンターから出て来ると、『静粛！』と書いてあるのが読めないのか！」

と怒った。

だが、高校生たちは、まるで応えた様子もなく、

「へえ、あれって、『せいしゅく』って読むのか」

「漢字、難しいよな」

「読めねえよ、あんなの」

と笑って、図書館の中を、大きな声でおしゃべりしながら歩き回った。

部長は怒りに体を震わせていたが、力ずくで追い出すこともできず、三十分ほどして、その高校生たちが出て行くのを見送るしかなかったのである……。

そして、その日の夜――。


「幽霊だって？　馬鹿らしい！」

と、ブツブツ言いながら、部長は図書館を出て、鍵をかけた。

出るのはいつも最後。自分で明りを消し、鍵をかけなくては気がすまないのだ。

全く、今日はとんでもない日だった……。

そう思いながら歩き出そうとしたときだった。

図書館の中から、笑い声が聞こえて来たのだ。部長はびっくりして飛び上りそうになった。

「誰だ!」

あわてて鍵を開けると、中へ入り、明りをつけた。「――誰だ! どこにいる!」

と怒鳴りながら、中を見回ったが、どこにも人はいない。

もちろんトイレやロッカーの辺りも見て回ったが、もともと隠れるような場所はない。

しかし、確かに声が聞こえたのだ……。

「おかしいな……」

と、首をかしげながら、部長は外へ出た。

すると、また中から、何人もが笑ったり、おしゃべりする声が聞こえて来たのだ。

「やめろ!」

と叫ぶと、部長はあわてて逃げ出してしまった。

そうだ。きっとあの高校生たちのしわざに違いない。

落ちついて考えると、部長はあの高校生たちが、図書館の中にスピーカーを隠しておいて、音を出したに違いない、と思い付いた。

他には考えられない。

次の日、早く出勤した部長は、図書館の中を捜し回ったが、スピーカーらしいものは見付からなかった。

だが、帰ろうとして、鍵をかけると――。

また、中からにぎやかな声が聞こえてくる。

腹を立てた部長は、あることを思い付いた。あの高校生たちのことは、職員の一人が知っていたので、ともかくこらしめてやればいいと考えたのだ。

部長は、中古品の店に行って、一番安いＣＤプレーヤーと、小型のスピーカーを買った。

そして、閉館した後、本棚の本の奥にそれを見えないように置いた。

「何だってんだよ」

と、高校生たちは口を尖《とが》らした。

「お前らのやったことは分ってるんだ」

と、部長は言った。

「生徒たちがどうも……」

高校の教師が恐縮している。

閉館後、高校の教師と、あの高校生たちを呼びつけたのである。

「そんないたずらを――」

「何もしてねえよ、俺たち」

「嘘《うそ》をついてもだめだ！　ちゃんと見付けたんだぞ」

と、部長は、本の奥に隠したＣＤプレーヤーとスピーカーを見せた。「これが証拠だ！　分ったか！」

すると、それを眺めていた高校生たちが笑い出したのである。

「何がおかしい！」

と、部長がにらむと、

「だって、おっさん、それじゃ音は出ないぜ」

「何だと？」

「ＣＤプレーヤーとスピーカーだけじゃ、音は出ないよ。アンプがなくちゃ」

「アンプ……。何だ、それ？」

部長には理解不能だった。しかし、これが部長の仕組んだことだということは分ってしまい、教師も、

「証拠もなしに、生徒たちのやったことだと決めつけないで下さい」

と、文句をつける。

「はあ……」

あてが外れた部長が渋々謝ったときだった。図書館の中に、けたたましい笑い声と、はしゃぐ子供の声が響き渡ったのだ。

「ワッ！」

と、全員が飛び上った。

「幽霊だ！」

みんな、我先に逃げ出してしまった。


その次の日、図書館は大変なことになってしまった。

開館前から、ＴＶ局や新聞社の車が押しかけたのだ。高校生たちが、ネットに〈幽霊の出る図書館〉というニュースを流したのだった。

開館すると、ドッと入って来たレポーターやカメラマンが中を回って、生中継を始めた。

当然のことながら、館内は全く「静粛」ではなくなったが、部長もどうすることもできない。そして、次々に、

「幽霊とはどんな風に出会ったんですか？」

と、マイクを突きつけられるはめになったのだ。

「ここには幽霊などいません！」

と、部長が言い切ったときだった。

昼間なのに、館内にあの笑い声が響き渡ったのである。――騒ぎは大きくなるばかりだった……。


「はい、いらっしゃい。――お友だちが待ってるよ。――はい、どうぞ」

ひと月後、別人のように愛想よく、客を迎える部長の姿があった。

図書館の中は、大勢の子供たちでにぎわっていた。そして、笑い声、話し声もひっきりなしに聞こえている。

「静粛！」や「沈黙！」の貼り紙もなくなっていた。

何しろ、マスコミが注目したのが嬉しかったのか、幽霊たちは昼間もずっとおしゃべり

するようになってしまった。

幽霊たちを目立たなくするには、誰でもこの中でにぎやかにしていいことにするしかなかったのだ。

だが、部長も、やって来る子供たちが、みんな楽しそうに、ニコニコ笑っているのを見ると、悪い気はしなかった。

そして、部下の職員たちに言った。

「まあ、誰でもいずれはあの幽霊たちの仲間になるんだからな。今のうちから仲良くしておいた方がいいさ」

名探偵よりも犯人になりたい

Kanransha

Akagawa Jiro
Short Short OUKOKU

張りつめた沈黙の中、居合せた人々の視線は一人の少女へと向けられていた。

たった今、探偵は事件の真犯人を名指ししたのである。それが、純白のワンピースを着た美しい少女だった。

まさか、という思いが、みんなの顔に現われていた。——あの子が？

犯罪などとは一番縁のなさそうなその少女。しかし、探偵の一分の隙もない推理は、間違いなくその少女が残酷な殺人をおかしたと告げていたのだ。

永遠とも思える長い時間の後、少女はホッと息をついて、

「おみごとです」

と言った。「私の負けですね」

「潔く認めてくれて嬉しいよ」

と、探偵は言った。「それでこそ君は名犯人だ」

少女はちょっと笑うと、

「でも、あなたならお分りでしょ。私がおとなしく捕まって、人々の目に手錠をかけられた姿をさらしたりしないことを」

そして、少女はテーブルに置かれた紅茶のカップに手を伸すと、「この中の紅茶を調べて下さい。私がどんな毒を服《の》んだのかが、分りますから」

「君——」

「お別れです、皆さん……」

そう言うと、少女はソファの中でぐったりと身を沈めて、動かなくなった。

——ややあって、

「カット！」

と、声がかかった。「ＯＫ！　すばらしかった！」

ホッとした空気が流れる。

死んだはずの少女がパッと起き上って、

「ああ、やっと終った！」

「お疲れさま」

という声が飛び交う。

今連続テレビドラマ「Nの殺人」最終回の収録が終ったところだった。

「本当に意外な犯人ね」

「きっと話題になるわよ」

という声が出演者たちから聞こえてくる。

「ご苦労さま」

探偵役のベテラン、北条一郎《ほうじょういちろう》は、犯人役の少女、三井《みつい》ハンナに声をかけた。

「お世話になりました」

今、十八歳のハンナは人目をひく美少女で、しかも演技ができるというので、ドラマや映画の出演依頼が次々に殺到していた。

「君を犯人にするなんて、シナリオライターもひどい奴だ」

と、北条が怒って見せると、ハンナは、

「でも、嬉しかったです。どうせなら、ただ死体を発見してキャーキャー叫んでるだけの女の子なんてやりたくなかったもの」

「確かにね。君だから犯人にできたんだろうな、ライターも。この無理のある結末も、君のおかげで納得できる」

北条は、ハンナの父親と言ってもいい年齢だが、舞台の大ベテラン。しかし一般の人たちにとっては、ハンナの方が、はるかに知られている。

「――それじゃ、どうも」

ハンナが早々と仕度をして、テレビ局のスタジオを出て行く。

「さて帰るか」

北条は伸びをして、「反響が楽しみだ。知らせてくれよ」

と、プロデューサーに声をかけた。

テレビ局のロビーに着くと、北条は、プロデューサーの、苦虫をかみつぶしたような顔を見て、「やれやれ」と思った。

数日前に放送された最終回の視聴率が、期待したほどではなかったのだろう。しかし、意外なことに、

「視聴率は上々だったよ」

という返事だ。「しかしね……」

その後が大変だったという。

「ハンナを犯人にするなんて可哀そうだ」

という意見はともかく、「犯人は殺して当然の男を殺した」「毒を服んで死ぬなんて、ひど過ぎる」――。

しかも、非難の鉾先《ほこさき》は、探偵にまで向って来た。「死ぬなら探偵の方でしょう」「あんな清らかな少女を死へ追いやるなんて許せない！」

「参ったよ」

と、プロデューサーがため息をついた。「番組のスポンサーにまで、あの結末を何とかしろ、という苦情が殺到してるんだ」

「おい、あの話は僕が作ったんじゃないぜ」

と、北条はたまりかねて言った。

「分ってる。しかし、スポンサーとしては、客の苦情を無視できない。何とかならないかと言って来てる」

役者の力でどうなるものじゃない。――北条は、ただ肩をすくめることしかできなかった……。

しかし、その半月後、北条はとんでもない話を聞くことになった。

「〈もう一つの最終回〉っていうのを作ることになった」

と、プロデューサーが言って来たのだ。

「お別れです、皆さん……」

そう言って、三井ハンナがぐったりと……。

しかし、今度はそこで終らなかった。

居合せた人々が、みんな帰って行き、北条と、ソファのハンナだけが残った。

「悪く思わないでくれ」

と、北条が、ハンナに語りかける。「君が進んで毒を服んでくれるように仕向けたのは気の毒だった。しかし、僕のためなら、君は喜んで死んでくれると分っていたからね」

北条は自分のソファに座ると、ティーカップを取り上げて、紅茶を飲んだ。

「おいしいね。こういう味を二度と味わえないなんて、とても耐えられない。僕は生き延びるよ。君を犠牲にしてもね……」

だが、突然、北条は苦しみ始める。

「こんなことが……」

と、喘《あえ》ぐように言うと、ハンナが目を開けて、立ち上った。

「紅茶をすり替えておいたの」

と、ハンナは言った。

「君は……」

「あなたが犯人だってことは分ってた。あなたを好きだったわ、本当に。でもね……」

と、首を振って、「あなたの身替りになって死ぬなんてごめんだわ」

「助けてくれ……」

「あなたの名誉はちゃんと守ってあげる。真相が知られるのを恐れて、あなたが自分で毒を服んだ、って話してあげるわ」

北条がバタッと倒れる。

「おやすみなさい、名探偵さん」

ハンナがそう言って笑った。

しばらくして、

「カット！」

と、声がかかった。

「――やれやれ」

北条が立ち上って、「こんなこと、初めてだよ」

「私もびっくりです」

と、ハンナが言った。「私って、いい役なのかしら？　悪い役なのかしら？」

「さあね。ともかく——これでスポンサーが満足してくれたらいいんだが……」

と、北条が服のホコリを払って言った。


テレビの力は大したもので、北条の劇団の舞台には、テレビで見て、

「北条さんのファンになりました」

という若い女性客が大勢やって来るようになった。

チケットを売るのに苦労することはなくなったのである。北条にはありがたいことだった。

しかも、あの〈もう一つの最終回〉が好評で、北条とハンナの顔合せで、新しいシリーズがスタートすることになったのだ。

北条のギャラで、劇団はさらに多くの公演ができることになった。

「——北条さん」

終演後、ハンナがロビーで待っていた。

「やあ。見に来てくれたのかい?」

「ええ。私も、もっとうまくならなくちゃ、と思って」

「初めの結末に、沢山苦情をくれた人たちに感謝しなきゃいけないな」

「それは……。分ったでしょ？」

と、ハンナが言った。「私がファンクラブの人に頼んで、投稿してもらったの」

「君が？」

「だって、正義の人と悪党と比べたら、悪党の方が人気あるに決ってるじゃないですか。だから北条さんのような演技力のある人に、犯人をやってほしかったんです」

北条はハンナを見直して、

「確かにそうだ。演じがいがあるのは悪い奴だね。――いや、君に教えられるとは」

ハンナはニッコリ笑って、

「今度、北条さんの舞台に出して下さい」

と言った。「絶対に悪い女の役でね！」

名探偵は入れ替わる

Kanransha

Akagawa Jiro
Short Short OUKOKU

「どんな仕事だって、プライドを持つことが大切だ」

それが彼の信念だった。もっとも、他人にはあまり言えなかったが。

彼の職業は「殺し屋」だったからだ。

だから、依頼主から、

「この男を殺してくれ」

と頼まれて、写真を受け取ったときは嬉しかった。

それは誰もが知っている、日本を代表する名探偵だったからだ。これこそ、俺にふさわしいターゲットだ！

三日後に、名探偵は東京から新幹線で大阪へ向うと知った。どの新幹線で、何号車の何番目の座席に座っているかも調べた。

「駅のホームでやってくれて構わない」

と言われていたが、そんなチンピラのようなことはできない。

殺し屋には憧れているスタイルがあった。走っている新幹線を、ビルの屋上から高性能ライフルで狙撃するのである。

ある映画で、そういうシーンがあって、彼はしびれた。いつか、あれをやってみたい！

そして正にそのチャンスが来たのだ。

名探偵が窓側の席を買っていることも分っていた。狙うのにおあつらえ向きのビルも見付けた。

その日、殺し屋は予定通りビルの屋上に上り、重いケースを開けて、高性能ライフルを組み立てたが……。

「ん？　あれ？　これ、どこにはめるんだっけ？」

めったに使わないので、組み立て方を忘れて焦った。――畜生！　説明書ぐらい付けとけ！

それでも何とか間に合った。あと五分で、名探偵の乗った「こだま」がやって来る。

彼はライフルを構えた。

列車に乗ったらコーヒーを飲む。これが名探偵の習慣だった。この日も車内販売のワゴンが来るのを待っていた。

しかし、名探偵は窓側の席で、隣の通路側の席にはやたら太っている男が座っている。呼び止めてコーヒーを買うには不便だった。

「すみませんがね」

と、名探偵は言った。「席を替ってもらっても?」

「いいですよ」

と、太った男は快く替ってくれた。

すぐ車内販売がやって来て、うまくコーヒーを買うことができた。名探偵はホッとして、

「旅の列車で飲むコーヒーは格別ですな。そう思いませんか?」

と、隣の男へ話しかけたが、返事はなかった。

隣の男は、頭を撃ち抜かれていたのだ。

名探偵の講演が終ると、美術館のロビーは拍手に包まれた。

「――お疲れさまでした」

と、主催者の男が名探偵に礼を言って、「正面にタクシーを待たせてあります。ホテル

までご利用下さい」

殺し屋はその言葉を耳にして、足早に美術館を出た。かなりの雨だ。タクシーが一台停っていた。殺し屋はドライバーに、

「美術館に頼まれてるのか？」

と、声をかけた。

「ああ。何でも講演した先生をホテルまで送るんだと」

「今すぐみえるよ」

と言って、殺し屋は素早く身をかがめ、タクシーの車体の下に爆弾をくっつけた。

少し離れて見ていると、名探偵が美術館の関係者と一緒に出て来た。


「ありがとうございました」

「いやいや、皆さん熱心に聞いて下さって」

「そのタクシーが。この雨で、なかなかつかまらないと思ったので、予約しておきました」

「それはどうも」

名探偵がタクシーに乗ろうとすると、

「ちょっと！　ちょっと待って！」

と、派手な色のスーツの女性が駆けて来た。

「私、先に乗せて！」

「いや、これは予約車ですから」

と、美術館の人間が止めたが、その女性は、

「私、飛行機に遅れちゃうの！　お願い！」

と、声高に主張した。

名探偵は、ヨーロッパで何年か生活していて、そういう場合、騎士道精神を発揮するようになっていた。

「ではマダム、どうぞ」

と、身を引いたのである。

「ありがとう！　ご親切に」

「いえ、どういたしまして」

女性は先にそのタクシーに乗って行ってしまった。

「他のタクシーがつかまるかどうか……」

と、美術館の人間が困っていると――。

少し先で爆発が起った。

「何としても、このパーティで、名探偵を消せよ」

と、念を押されて、

「間違いなくやります」

と、殺し屋は言った。「どうも人と入れ替るのが好きらしくて……」

パーティ会場にはうまく潜り込んだ。

「こうなったら……」

自分なりの美学にこだわってはいられない。

ともかく名探偵を殺すのだ！

失敗したらこっちが殺される。――立食で混雑しているパーティの中、名探偵に素早く近付いて、ナイフでひと突き。

後は、会場の混乱を利用して逃げるしかない。こんな素人くさいやり方はいやだったが、仕方ない。

パーティが始まり、名探偵が挨拶に立った。

マイクの前に立った名探偵は大きなマスクをしていた。

「ちょっと風邪で喉をやられておりまして……」

と、かすれた声で言った。

はて？　あいつはこんな声だったかな？

殺し屋は、会場の隅で、そのスピーチを聞いていたが……。

「そうだ」

あいつはまた誰かと入れ替っているに違いない！

自分が狙われていることは分っているのだから、何か考えているはずだ。

今度こそ。――今度こそしくじらないぞ。

殺し屋は、慎重に会場の中を見て回った。

どこにいる？　今度は誰になってるんだ？

しかし、あまりに混雑しているので、捜して回るのにもくたびれて、会場から一旦出た。

「やれやれ……」

マスクをした男は、パーティの中で、大勢の客に取り囲まれていて、近付くのも容易ではない。殺し屋も焦っていた。

そのとき、ふと目に入ったのは、会場の出入口や四隅に配置された制服姿のガードマンだった。

閃《ひら》めくものがあった。ガードマンになりすます！　名探偵の考えそうなことだ。

殺し屋は、人をかき分けて、一人一人のガードマンの顔を見て行った……。

「――いたぞ」

一番目立たない隅に立って欠伸していているガードマンの顔を見た。間違いない。

俺の目はごまかせないぞ！

殺し屋はナイフを持った手をポケットに入れて、そのガードマンに、そっと斜め後ろから近付いて行った。


「まさか、こんなことになるとは……」

と、名探偵は深いため息をついた。

床にはガードマンが血だらけになって倒れていた。

風邪をひいていた名探偵は、マスクを外して、ちょっと咳《せき》込んだが、

「これは弟です。――私とは双子で、このホテルでガードマンをやっているとは聞いていたのですが、まさかこのパーティに来ていたとは……。しかし、どうして弟を殺したりしたんだろう？　狙いは私だったはずなのに」

犯人は駆けつけた警官に射殺されていた。

名探偵は知らなかった。

殺し屋が、射殺されても「俺はちゃんと仕事をやってのけた」と満足した気持でいたことを……。

話を聴かない刑事

Kanransha

Akagawa Jiro
Short Short OUKOKU

「おわかりですか？」

と、一郎《いちろう》は自信たっぷりに言った。「僕らにはアリバイがあるんです。それも百パーセント確実な、ね！」

一郎に寄り添っている和子《かずこ》も、恋人の心強い発言に、しっかりと肯いた。

それを聞いた刑事は、当てが外れて、くやしげに顔をしかめる——はずだった。

しかし、実際には、そのぼんやりした印象の中年男の刑事は、何も言わなかった。

そして、顔もしかめず、ただ手もとの手帳に目を落としているだけだったのである。

「——分ってるんですか？」

一郎は、ちょっと苛《いら》ついて言った。

すると、杉田《すぎた》というその刑事は、ゆっくりと一郎を見て、

「分ってますとも」

と言った。

「じゃ、どうして……」

どうして、手帳にメモしないんだよ、と言おうとした一郎は、そこまで言うと刑事の機嫌をそこねるかもしれない、と思ってやめておいた。

しかし、実際その杉田という刑事はボールペンを握っていたものの、手帳に何も記そうとしなかったのである。

そして、杉田は深々と息をつくと、ゆっくり立ち上って、

「では、殺人現場を見せていただきましょうか」

と言った。

「はあ……。どうぞ」

一郎が立ち上ると、和子は身を縮めて、

「私、こわいわ。あんな恐ろしいことのあった部屋」

と、一郎の手を握った。

「無理もないよ。——刑事さん、彼女は一緒でなくてもいいでしょう？　彼女はとても繊細なんです。ショックを受けると……」

杉田は何とも言わなかった。そして、暗い目つきで、じっと和子を見ていた。

「——いいわ、私、行くわ」

和子はそう言って立ち上ると、「何かやましいことがあるから、見たくないんだと思われてもいやですもの。ええ、私、何一つやましいことなんかありませんわ！」

と、杉田に挑みかかるように言った。

居間を出て、殺人現場の温室へと、手をつないで歩きながら、一郎はそっと和子へ、

「刑事をわざわざ怒らせるようなこと、言っちゃいけないよ」

と言った。

「だって、私のこと、いやな目つきで見るんだもの」

「それが、奴の手なんだ。のせられないようにしないと」

「気を付けるわ」

すると、二人の後をついて来ていた杉田が、

「広いお屋敷ですな」

と、首を振って、「迷子になりそうだ」

「そうですね。古い建物でしてね」

と、一郎は言った。

ここが広いことぐらい、玄関を入っただけでも――いや、外から古い洋館の外観を見ただけでも分るだろう！　一郎は内心、杉田に文句をつけた。

しかし、もちろん口には出さない。

母屋から渡り廊下でつながっているガラス張りの温室は、この屋敷の主人、すなわち一郎の父親の趣味だった。

もっとも、その父親は死んでしまった。正しくは、殺されてしまったのだから、もうこの温室も必要なくなったわけだ。

そう。――せっかくの造りだから、ここはサンルームとして使おう。

僕と和子、二人で、暖かい日射しを浴びながら、裸で愛し合う……。

そんな光景を想像すると、一郎はついニヤニヤしてしまうのだった。

いかん、いかん！　今は父親の死を悲しんでいる息子でいなくては！

「――ここでお父さんは殺されていたのですな」

と、杉田が言った。

「そうです。見付けたときはショックでした……」

「分ります」

――しかし、父の死で得をするのは、何といっても一郎なのだ。当然、疑われると分っていた。だからこそ……。

「それで」

と、杉田は温室の中の椅子に腰をおろすと言った。「事件のあった、ゆうべ九時ごろ、お二人はどこにおられました？」

「そんなこと……」

と、和子が目を見開いて、「さっき、ちゃんと――」

一郎は、和子の腕をつついて、

「二人とも、友人の家で遊んでいました」

と言った。

同じことをくり返し訊く。――これは刑事のよく使う手だ。何度も説明すると、その内、矛盾したことを言ったりする。刑事はそれを狙っているのだ。

「TVゲームをずっとやってたんです」

と、一郎は言った。「八時ごろからずっと十二時近くまで」

杉田は目を伏せて、手帳を開いていたが、やはり何もメモしようとはしなかった。

「僕らが、その間、友人の家を出なかったことは、友人が証言してくれます」

杉田は少しして、

「なるほど」

と言うと、「では戻りましょうか。すみませんが、コーヒーを一杯いただけませんかね？」

「ええ、もちろん」

――居間へ戻って、一郎たち三人は、和子のいれたコーヒーを飲んだ。

「いや、これは旨いコーヒーですな」

と、杉田は感心している。

一郎は、ゲームのベテランだった。友人の家でゲームをしながら、途中二十分ほど出番のなくなることが分っていた。

そこで、ちょっと席を立って、車で猛スピードを出して、この屋敷へ帰り、父親を殺して、すぐ友人の家に戻ったのだ。

ちゃんとあらかじめ計算した通り、二十分で戻れた。

友人は、一郎と和子がずっと一緒だったと証言してくれるだろう。

「ですから」

と、一郎は改めて言った。「僕も和子も、ちゃんとアリバイがあります」

杉田は、また少し黙ってから、

「お父さんを恨んでいた人に心当りはありませんか？」

和子が苛々して、杉田をにらむ。

さっきも同じ質問をされて返事をしたのだった。

しかし、一郎はぐっとこらえて、

「見当もつきません」

と答えた。

「そうですか……」

杉田はため息をつくと言った。「で、犯行のあった時刻、お二人はどこにおられました？」

一郎もさすがにムッとした。しかし、何とかこらえて、

「友人の家でＴＶゲームを……」

と、同じ答えをくり返した。

「なるほど」

相変らずメモを取らない。

「――もういいでしょうか」

と、一郎は言った。「彼女が本当に参っているので……」

「ああ、これは失礼しました」

と、杉田は立ち上って、「では、私もこれで……」

ホッとして玄関に見送りに出る。杉田は靴をはくと、

「そうそう。肝心のことを訊くのを忘れていました」

と、手帳を取り出して言った。「お父さんが殺された時刻に、お二人はどこにおいででした？」

――表にいた刑事が、騒ぎを聞いてかけつけたとき、一郎は杉田の上に馬乗りになって首を絞めていた。

「――我慢できなかったんです」

と、一郎は手錠をかけられて言った。「同じことを何度も……。僕らが父を殺したと分ってるのなら、どうしてすぐ逮捕しなかったんです？　ああして、こっちを苛々させるのが手だったんでしょうか」

杉田は病院へ運ばれて行き、仲間の刑事は一郎の言葉を聞いて、

「そうじゃないんだ」

と言った。「杉田さんはね、いきなり眠ってしまう病気なんだよ。見たところは起きて

るみたいだから分らないけど、実は一瞬で眠ってしまうんだ」

「え……、じゃ、わざと同じ質問をしてたんじゃないの？」

「メモしてなかったろ？　それって眠ってるときでね」

――畜生！　一郎はつくづく思った。犯罪には辛抱が必要だということ。

少し気付くのが遅かったが……。

出さなかった手紙

Kanransha

Akagawa Jiro
Short Short OUKOKU

本を捨てるのは容易なことではない。

それが自分の買った本でなくても同様だ。亡くなった夫が永年の間に買って積み上げた膨大な本の山を前に、私はしばし呆然としていた。

学者でもないのに、毎日のように本を買って帰って来た夫。整理がつかず、埃もたまるが、それでも私は文句を言わなかった。女遊びや賭けごとに大金を浪費するのに比べたら、ずっと気は楽だったから。

二人の娘が家を出て行って、部屋が余ると、夫はますます本を買い込んで、いたるところに積み上げておくようになった。

「定年になったら、ゆっくり読むんだ」

と言っていた夫。

しかし、その日々はわずかしか続かなかった。退職して間もなく、夫は心臓発作で倒れ、わずか三カ月ほどの闘病で亡くなってしまったのだ。

二人でのんびり温泉にでも行こう、と話していた「老後」は、泡がはじけるように消えてしまった。

思ってもみなかった出来事に、私はただ呆然として、何も手につかなかった。そして、気が付くと半年近くもたってしまっていたのだ。

「何とかしなきゃ……」

このまま、何十年もたったら（まさかとは思うが）、私は本と埃に埋れて死んでしまうかもしれない。

娘たちは二人とも、まだ子供が小さくて、とても手伝いに来てはくれないだろう。自分でやるしかない。

というわけで、私は今、本の山と壁の前に立っている。どこから手をつけよう？

ともかく、少しずつ運んで、玄関脇の小部屋に積む。それをどうするか？　そんなことまで考えちゃいないわよ！

まず夫の仕事机の上の本を、何冊かずつ運んだ。しかし、その往復を五、六回くり返したら、もう息が切れてしまった。

「これじゃ、いつまでたっても終らないわね……」

と、私は額の汗を拭きながら呟いた。

そのとき——廊下に落ちた封筒が目にとまった。今、運んだ本の間にでも挟まっていたのだろう。

拾い上げてみると、封はしてあるが、宛名も差出人の名もない。封筒のへりがすり切れそうになっていて、ずいぶん古いものだと分る。

私は椅子に腰かけて、少しためらってから、その封を破った。二通の手紙が出て来た。

一枚だけの方を広げると、見慣れた夫の字だった。

〈貴女《あなた》に何とお詫びしていいか、分りません。あの夜、私は混乱し、自分が自分でなくなったようで、ただもう誰かに救いを求めていたのです。

しかし、そんなことは言いわけになりません。あなたにどんなに辛い思いをさせてしまったか、私には想像もできません。

私にできることがあれば、何でもおっしゃって下さい。ただ、私にはどうしても、妻を見捨てることはできません。

それ以外のことならば、私はすべてを失ってもいいと思っています。どうか私を赦《ゆる》して下さい〉

私はしばし座り込んだまま、何も考えられずにいた。

そして、たぶん一時間近くたってから、もう一通の手紙を開いた。

やさしい女性の手だった……。


「お母さん」

いきなりそう呼ばれて、私は飛び上るほどびっくりした。

「治子《はるこ》！　ああびっくりした！」

と、私は胸に手を当てて、「いつ来たの？」

「今よ。声かけたじゃない、玄関から」

と、長女の治子は言った。

「そう？　気が付かなかったわ」

と、私は言った。「今日、健太《けんた》ちゃんはどうしたの？」

治子の三歳の息子だ。

「旦那の実家に遊びに行ってるわ。珍しく会社から休みを取れって言われたのよ。今は休まないとうるさいのね、お役所が」

「あんたは行かなくていいの？」

「お母さんがどうしてるかと思って、ここんとこ、連絡もしてなかったでしょ。たまには覗いてみようと思ってね」

と、治子は言って、「何を始めたの？」

「あの人の本をね、整理しようと思って。でも、凄い量だし……」

「お母さん一人じゃ無理よ！　本は重いし、腰痛めたらどうするの？」

と言って、治子は、「それ何？」

「え？　ああ……。手紙。本の間に挟まってたみたい」

「——何か、大切な手紙？」

「それが……」

私が口ごもっていると、治子はサッとそれを取り上げて、読んでしまった。

「——ねえ、まさかあの人が」

と、私は言った。「女の人からの手紙、どういう事情だったのか、よく分らないけど、ともかくあの人が酔って、無理やりその人のアパートに入って……。とんでもないことをしたのよ。ねえ、自分でも認めてる。でも、それからどうなったのか……」

「お父さんの手紙は出してないじゃないの」

「そうなのよ。どうして出さなかったのかしら？　それに、その女の人はどうしたのか……」

ショックだった。――しかし、もう当人は生きていない。

「ともかく……お茶でもいれましょうね」

自分もお茶をいれる手間が必要だった。

夫が他の女性に……。おめでたいと言われそうだが、私はそんなことを考えてもみなかった。

むろん夫も聖人君子ではないのだから、浮気していたとしてもふしぎではない。でも、酔って、いやがる女性を無理に、などというのは、全くあの人らしくなかった。

でも――手紙は、それが事実だということを教えている……。

「――治子、お茶、いれたわよ」

と、声をかけると、

「そうなのよ！　――うん、ちゃんと説明しとくから」

いつの間にか、治子がケータイで話していた。

「――どうしたの？」

「朋子《ともこ》にかけたの」

治子の妹である。三つ年下だが、結婚は姉より早く、もう小学校一年生の子がいる。

「お母さん」

と、治子は椅子にかけて、「その女の人の手紙の字、見憶えない？」

「え？」

「どこかで見た字だと思ったの。それ、朋子の字よ」

「え？　でも……」

「私、思い出したの。高校生のときだったかな。何しろうちのお父さん、堅物でしょ。朋子がね、ちょっとびっくりさせてやろうって言って、あの手紙を書いたのよ。たまたまお父さん、ひどく酔って、何も憶えてない夜があったのね。てっきり本当だと思って。でも、その手紙の住所、朋子が適当に作った架空のだったから、お父さんの手紙は返って来ちゃったんだわ」

「まあ……。本当なの？」

「すっかり忘れてた。お父さん、ずっとこの手紙、取っといたってことは、本当のことだと思ってたのね。お父さんらしいわ」

「そうだったの！」

と、私は息をついた。

治子は実家を出て歩きながら、妹に電話した。

「朋子？　――うん、お母さん、あの話で納得してるみたいだった。あんたも話を合わせてね。――そうね。憶えてるわ」

あの夜のことだ。母にガンが見付かって入院。ショックを受けた父は、その夜、前後不覚になるまで酔って帰って来たのである。

治子と朋子は、父の服に女性の香水がしみ込んでいることに気付いた。――用心していた治子は、あの女性からの手紙もしっかり読んでいた。

その住所を訪ねて、治子はその女性に詫びた。彼女も理解してくれたのである。

あの手紙をずっと持ってたなんて。しかもお詫びの手紙まで。きっと父のことだ、いつか、その女性のことを捜そうと思っていたのだろう。

「お父さんらしいわ……」

と、治子は呟いた。


私は、治子の姿が見えなくなると、微笑んだ。――ありがとう、治子。

いくらぼんやりした母親でも、娘の字くらい分るわよ。

治子が朋子と話を合せてくれたのなら、そう信じておこう。

私は夫の、出されなかった手紙を封筒に戻して、仕事机の引出しに入れた。

三人の死神

Kanransha

Akagawa Jiro
Short Short OUKOKU

ぼくらは、その三人を「死神三人組」と呼んでいた。

たかが高校の教師を「死神」とは大げさに思えるかもしれないが、大人になって、世の中には色んな苦労も楽しみもあるのだということが分ってからならともかく、高校生で、大学受験のことだけで頭が一杯な身にとっては、その三人の教師たちの考え一つで自分の将来が左右されると思うと、つい思い詰めずにいられないのだった……。


ベルが鳴り、テストは終った。

答案用紙を提出したとたんに、

「しまった！」

と呟いて、たった今の問題を間違えて解釈していたことに気付くのは、いつも通りのことだった。

「ああ……」

というため息が、クラスのあちこちで聞こえてくる。

ぼくは廊下に出た。

「おい、隆《たかし》」

と呼びかけてきたのは、親友の一人、哲夫《てつお》だった。

哲夫は秀才で、いつもテストの後では、

「全然だめだよ」

と言うのだが、その実、学年トップに近い点数を取る。

しかし、大分——というよりかなり大きな体の哲夫は、あまり「できる」という印象を与えない。

「公平《こうへい》が来た。——おい、どうだったんだ？」

と、哲夫が声をかける。

「今回は数学だったね」

メガネをかけて、細身の公平は見るからに勉強のできそうなタイプである。

「英語だって、結構大変だったぜ」

と、哲夫が言った。

「うん、そうだね、しかし、英語は少なくとも習ったことのない単語は必要なかった。でも数学は……」

と、公平が首を振る。

ぼくは何も言わなかった。ぼくの場合、どの科目が大変だったか、ほとんど関係なかった。ぼく、隆と、哲夫、公平の三人の中では、ぼくだけが「できる奴」じゃなかったからだ。

それでも、どういうわけかぼくたち三人は気が合った。タイプが違っていたので、それが良かったのかもしれない。

「ああ、畜生！」

と、哲夫が伸びをして言った。「次のテストじゃ、どの死神が出て来るのかな」

「ともかく終ったんだ。今日はのんびり帰ろうよ」

と、公平が余裕の感じで言った。

「やあ、どうだったんだ？」

廊下をやって来たのは「化学」の死神だった。「今回はやさしかったろ？」

「先生、それって皮肉？」

と、哲夫が言った。

――「英語」「数学」「化学」。

その三人の先生を、ぼくらは「死神」と呼んでいた。

テストの度に、必ずその一人の科目は特別難しく、ほとんどの生徒はまるで歯が立たない問題が出るからだ。

笑いごとじゃなかった。高校三年生のテストは、もう何回もない。

ぼくらの将来は次のテストで決められるのだ……。


「先生。――あれ？」

ぼくは研究室の戸をガラッと開けて戸惑った。「いないじゃないか」

今日、授業の後、「英語」から、

「放課後にちょっと手伝ってくれ」

と言われていたのだ。

大方、本の整理とかだろうと分っていたので、気は重かったが、いやとも言えない。でも「英語」の研究室は空っぽだ。

帰ろうか、と思ったとき、ふと机の上に目をやった。

「——まさか」

でも、それはどう見ても問題——テストの問題の下書きだった！

この通りなら、あらかじめやっておくことができる。ぼくはちょっと迷った。

コピーを取ってしまおうか。ほんの数秒あればできる。コピー機はすぐそこにあった。

でも——もちろんそんなのはやっちゃいけないことだ。でも、こんな風に放り出していく方が悪い。そうだよな。

ぼくはその下書きに手を伸ばした。


何があったんだ。

職員室の空気がただごとじゃなかった。

「何だ、まだ残ってたのか」

と、「化学」が気付いて、ぼくに言った。

「どうしたんですか？」

と、ぼくは言った。「呼ばれてたんで、英語の研究室に行ったんですけど、誰もいなくて」

「そうか。もう帰っていい。先生は戻らないだろう」

「どうして？」

「ちょっと事故があってな」

「え？　先生が？」

「いや、奥さんが車にはねられたんだ」

ぼくは息を呑《の》んだ。

「死んだの？」

「いや……。しかし、危いらしい。先生はずっとついてるだろう」

――ぼくは廊下に出た。

すると、当の「英語」が、青ざめた顔でやって来たのだ。

「先生――」

「悪かったな。今日はもういい」

「はい……。でも……」

ぼくは帰りかけたが、その後のことが気になって、職員室の方へと戻ってみた。

「病院に戻った方がいい」

という「数学」の声がした。

「そうだよ。手術の最中なんだろ」

と、「化学」が言った。

「いや、問題を作ってしまわないと」

と、「英語」が淡々とした口調で、「妻も教師だ。分ってくれる」

「しかし……」

ぼくらが「死神」と呼ぶ三人が、職員室で話しているのだ。ぼくは聞き耳を立てた。

「この間作った問題でいいじゃないか」

と、「化学」が言ったが、「英語」は、

「いや、いい問題を思い付いたんで、作っていたところなんだ。やってしまわなくては」

「だが、今は――」

「分ってるだろ？　今度はぼくが〈死神〉になる番だよ」

ぼくは聞いていてドキリとした。

「みんなが、我々三人を〈死神〉と呼んでるそうだ。――そう思われても、いい問題を出してやるのが、我々の役目だよ」

「それはそうだが……」

「いたずらに難しい問題じゃなくて、しかし、挑戦しがいのある問題を工夫して来た。そうだろ？　〈死神〉と呼ばれても、それが生徒たちのためになるのなら……」

と、「英語」は言って、「もっとも、今、妻は本当の〈死神〉と戦っているがね」

「じゃ、早く問題を作って行ってやれ」

「うん。そうする」

ぼくは廊下の奥に隠れて、「英語」が研究室へと向かうのを見送っていたが——。

「先生！」

ぼくは追いかけて、「英語」を呼んだ。

「どうした？」

と、びっくりして振り向く先生に、

「これ」

と、ぼくはコピーを渡した。「中身は見ていませんから」

「お前……」

「いい問題を作って下さい。奥さん、きっと助かりますよ」

「英語」は微笑んで、

「ありがとう」

と言った。

今度の「英語」は難しかった。——テストの後で、みんながそう言った。

「一つ、報告がある」

担任の先生が、クラスのみんなを静かにさせて言った。「英語の川本《かわもと》先生の奥さんは事故で重傷を負って入院されていたが、今日、無事に退院された」

クラスの中が、少しざわついて、それから拍手が起った。

ぼくも、もちろん拍手した。

「みんなの拍手のことは、川本先生に伝えるよ」

と、担任の先生は嬉しそうに言った。

もうすぐ高校生活も終る。

後になって、三人の〈死神〉先生たちのことを、きっと懐しく思い出すんだろうな、と
ぼくは思った……。

世界一の平和戦争

Kanransha

Akagawa Jiro
Short Short OUKOKU

その危機の知らせは、ちょうど昼食時の市長のもとへもたらされた。

「市長！　大変です！」

市長室で、お昼に「うな重」を食べていた市長、上村《うえむら》は、いきなりドアを開けて飛び込んで来た助役の大声に、口に入れたばかりのうなぎとご飯をかまずに飲み込んでしまい、目を白黒させた。

何か言おうにも喉が詰って言葉が出ない。お茶をガブガブ飲んで、やっと息をつくと、

「――馬鹿め！　ノックぐらいしてから入って来い！」

と怒鳴った。

「すみません！　しかし一大事で……」

「どうしたというんだ？　あの古い橋が落ちたのか」

市の幹線道路が通っているため、もうできて百年にもなるのに、修理できずに放置してあるのだ。

「そんなことではありません！　――ケ、ケ、カです！」


「何だと！」

市長が青ざめた。「誰だ？　誰と誰がケンカしてるというんだ？」

「工務店の太田《おおた》と大工の浅川《あさかわ》です」

「あの二人か！」

上村はため息をついて、「いつかこんなことになるんじゃないかと思ってた。――それでケンカはもう始まったのか？」

「いえ、少なくとも私の見る限りでは、太田がパワーショベル、浅川はのこぎりで対決しようと準備しておりました」

「それなら、まだ止められる！　急げ！」

上村市長は、食べかけのうな重に心を残しながら、市長室から駆け出して行ったのである。


20××年、世界は平和だった。戦争は結局何ももたらさないことを、人類は学んだのだ。

世界中から戦火は消え、核兵器やミサイルにむだ使いされていたお金は、人々の生活を向上させるために使われるようになった。

しかし——こうなると人間、どこかで「競う」楽しみを求めるようになった。

そして、「どこが世界で一番平和か」で、ナンバーワンを目指すようになったのである。

戦争はもともと存在しないので、暴力事件や殺人の数で「平和度」を競うことになった。

それもほとんどの町でゼロに近くなると、今度は個人的な争い、ケンカの数で「平和度」が測られるようになったのである。

上村が市長をつとめるN市は、ここ数年、日本全国でも「最も平和な町」として、広く知られるようになっていた。

今年も、統計を取る時期が迫っていて、上村は「ケンカ」という言葉に極めて敏感になっていたのである。

というわけで——。


上村が駆けつけたとき、工務店勤務の太田は、パワーショベルで、のこぎりを手にした大工の浅川を追い回していた。

「おい！　やめろ！　よせと言うのに！」

と、上村は双方の間に入って、止めようとしたが、危うくパワーショベルにひかれそうになって尻もちをついた。

「市長さん！」

と、太田が怒鳴った。「放っといてくれ！」

「今日という今日は、決着をつけるんだ！」

「やれるもんならやってみろ！」

と、大工の浅川が言い返す。

パワーショベルとのこぎりでは、差があり過ぎるようだが、実際には、パワーショベルは人間のように細かく動き回れないので、浅川はピョンピョン飛び回って、太田を馬鹿にしているのだった。

「やめないか、二人とも！」

と、上村は立ち上ってお尻を払うと、「どうしたっていうんだ？　昔から仲が良くないのは知ってるが、何もケンカしなくたって――。平和に話し合っておさめてくれ。頼むよ」

と、双方へ話しかけた。

「いや、これぱっかりは、いくら市長さんの頼みでも、我慢ならねえ！」

「こっちだってそうだ！」

「まあ待て。どうしたっていうんだ？」

上村はこの二人のことをよく知っている。

「浅川の奴、俺の頭の毛をインチキな植毛だと言いやがったんだ！」

「お前こそ、俺のフサフサの頭を、できそこないのカツラだと言いやがって！　これは俺の本物の毛なんだ！」

「ふざけるな！　五十を過ぎてから髪が増える奴がどこにいる」

「お前だって、半分は白かったのに、今じゃ真黒じゃねえか！　ペンキでも塗ったってのか」

「何だと！」

「やめろと言ったら！」

上村はため息をついた。「ここは双方、仲裁金で辛抱しろ」

「これは男のプライドに関わる問題だ！　金にゃ換えられねえ！」

「十万。——一人十万ずつで。な？　N市の〈世界一平和な町〉の名に傷をつけないでくれ」

二人は渋い顔をしていたが、

「——市長さんがそこまで言うなら」

「まあ……。仕方ねえ。今日のところは勘弁してやるか」

「よし、いいな？　太田、パワーショベルをちゃんと元の位置へ戻せ。浅川はのこぎりをしまえ。——後で市役所へ来て、仲裁金の請求をしろ」

ケンカで、〈平和な町〉の名誉を失うくらいなら、というので、ケンカをやめた者に、仲裁金を払う。こんな習慣が、どこの町にもできてしまった。

表向きは存在しない制度だが、誰でも知っている。そして、中には、仲裁金目当てに、わざと派手な夫婦ゲンカをして見せる、といった、けしからん連中もないではない。

しかし、「見て見ぬふり」をすることにかけては、日本人は名人である。ジャーナリズムも知っていて目をつぶっていた。

「——困った奴らだ」

と、市長室に戻って、上村は助役にこぼした。

「やはり仲裁金目当てでしょうか」

「当り前だ。二人とも五年前にはほとんど毛がなかったぞ」

と、上村は言った。

ああ……仲裁金が市の財政を圧迫するようになればともかく、今の程度ですんでいれば……。

「しかし、ちゃんと記録しとけ。また同じ手を使おうとしても、そうはいかん」

全く。たかが髪の毛のことで、一体誰が本気でケンカするだろう……。

そのころ……。


かつて世界を二分していた両国の首脳が、ズームの画面で会談していた。

どちらも、以前は核兵器の開発に夢中になっていたものだが、今は至って平和的な関係になっていた。

「そういえば大統領、ご結婚おめでとうございます」

「これは首相、恐れ入ります」

「花嫁は三十も年下とうかがっています。いや、うらやましい！」

「いやいや、年齢の差などどうということはありません。今度この画面でご紹介しましょう」

「それは楽しみです。今はこの画面もとても鮮明になって、細かいところもはっきり見えますすな」

「技術の進歩は大したものです」

「全く——こうして大統領を拝見していても、その豊かな頭髪がまるで本物のように見えますよ」

少し間があって、

「——では首相、今日はこれで」

画面が消えると、大統領は秘密の引出しを開けて、「完全にゼロにした」はずだが、実は何発か温存していた核ミサイルの発射ボタンを押した。

「男のプライドだ」

と、大統領は呟いた。

ミサイルが飛んで来ると知って、相手方も秘蔵していたミサイルを発射した。

——上村市長は、自分たちも間もなく滅亡することなど知らず、あの二人の仲裁金を半額にできないか、考えていた……。

名探偵はご立腹

Kanransha

Akagawa Jiro
Short Short OUKOKU

「殺すぞ！」

男は上ずった声でそう言うと、拳銃を突きつけた。

しかし、突きつけられた方の、初老の貫禄ある紳士は、顔色一つ変えるでもなく、

「そうか」

と肯いて、「もっとしっかり狙いをつけてくれ。一発で仕止めてくれんと、痛くてかなわんからな」

暗い夜道とはいえ、街灯の光の下、その紳士がいやに落ちついているので、「殺すぞ」と言った男は何だか気味が悪くなった。

「お前、怖くねえのか？」

「いや、いつでもこういう状況になるときに備えて、心構えはできておる」

と、紳士は言った。「名探偵たる者、恨みを買うのは宿命だからな」

「名探偵だって？　あんたが？」

それを聞いて、紳士は眉をひそめると、

「君、もしかして私のことを知らんのか？　じゃ、どうして私を殺そうというんだ？」

「そりゃあ……何だかムシャクシャして面白くねえからさ。人でも殺しゃスッキリするかと思って、誰でも良かったんだ」

すると紳士は顔を真赤にして、

「誰でも良かった、だと？　ふざけるな！　お前のような奴ばかりになったら、名探偵の出番がなくなってしまうではないか！」

と怒鳴りつけた。

男は口を尖らして、

「そう怒らなくたっていいじゃねえか。おれだって、好きでこんなことになったわけじゃねえんだから」

「それじゃ、何だっていうんだ？　大方、バイト先のコンビニで、菓子をくすねてクビになったとでもいうんだろう」

名探偵の言葉に、男はポカンとして、

「どうして分るんだ？」

と言った。

「そのジャンパーのポケットにクシャクシャに突っ込んであるのは、コンビニのレジ袋だろ。そのだらしない格好を見れば見当はつくよ」

「へえ！　大したもんだな」

と、男は感心した様子で、「でもよ、その菓子をくすねたのはおれじゃないぜ。それなのに、おれがやったことにされて、クビになっちまったんだ。誰かを殺したくなっても当り前だろ」

紳士はため息をついて、

「どうやら君は二十歳そこそこらしいが、そんなことくらいで人を殺して何十年も刑務所に入るなんて、馬鹿馬鹿しくないか？」

「そりゃおれだって、そういう気がしないでもないけどよ。——でもあの〈スーパーチョコ〉が手に入らなかったんで、彼女に振られちゃったんだ。ショックだったぜ」

「何だ、その〈スーパー〉何とかというのは？」

「チョコメーカーが特別に限定発売したチョコレートなんだ。ともかくアッという間に売り切れるから、おれだって手に入らない。でもおれの彼女が、『どうしても食べたい！』

っていうんで、店を開ける前に、そっと一つだけレジの棚の奥に隠しといたんだ。でもその日に限って、予約販売ってことで、入荷した数と客の数が一つ合わなくなってさ。仕方なく隠しといたのを出そうとしたら、失《な》くなってたんだ」

「で、君が盗《と》ったことにされたのか」

「店長が客の目の前で、おれのこと泥棒扱いして、あげくにクビさ。な？　頭に来て人を殺したくなるのも分るだろ？」

「まあ、分らんでもないが……」

と、紳士は言った。「その場にいたのは誰だ？」

「え？　――おれと客と、店長と……パートのおばさんだ」

「君はどんな格好をしてた？」

「おれはこのジャンパーの下のTシャツに、店のエプロンだよ。パートのおばさんもだ」

「エプロンにポケットは？」

「大きいポケットがあるけど、中は調べたよ」

「店長っていうのは男か？」

「四十いくつかな。はげたおっさんだよ」

「その店長はどんな格好だ？」

「あのコンビニは、店長が必ず背広にネクタイなんだ」

「すると、背広にはいくつもポケットがあるな。そのポケットは調べなかったんだろう?」

「うん……。じゃ、店長が?」

「店長に子供は?」

「確か、八つか九つの女の子が……」

「子供にせがまれたら、何とかしてやろうと思うだろうな。しかし、そのためにクビにするってのは——」

「畜生!」

と、男は大声で言った。「あの店長、撃ち殺してやる!」

「よせよせ。その店長も、きっと後味の悪い思いをしているさ」

「そうかな……」

「それより、そんな物、どこで手に入れたんだ?」

「このピストル? 友達がちょっと預かってくれって」

「そいつは怪しいな。君はやってもいないことで、また捕まるかもしれないぞ。今度はチョコレートでクビ、なんてものじゃすまないだろう」

「そう……かな」

と、不安げに言った。

「私がついて行ってやる。警察へ届けるんだ」

「でも、友達を裏切るのは……」

「その友達が君を先に裏切ってるんだ。そうだろう？」

「そう言われてみれば……」


「——助かったよ」

警察署を出て、男は紳士に礼を言った。

拳銃は、殺人事件に使われた凶器だったのである。それを押し付けて逃げた「友達」は空港で逮捕された。

「おれが犯人にされるところだった」

「友人を選ぶことだな」

「うん。——あんた、いい人だな」

「もう殺そうなんて気を起すなよ」

「もちろんだよ！」

——二人は一緒に食事をして、ワインを飲んだ。もちろん、紳士の方のおごりである。

「あんた、名探偵なんだろ？」

「まあ、そう言われておる」

「どんな事件を解決したんだい？」

「そうだな……。最近では、会社帰りのサラリーマンが川へ突き落とされた事件があったな」

「死んだの？」

「いや、命は助かったが、危いところだった。当人は人に恨まれるような人間ではなかったんだ」

「で、犯人は？」

「子供のローラースケートだった。酔っていて、置き忘れてあったローラースケートを踏んで川へ落ちたのだ。コンクリートに、車輪の跡があって、私がそれに気が付いた」

「それって……どこの話？」

と、男は訊いた。

事件のあった場所を聞くと、男は考え込んでしまった。

「——どうかしたか？」

「うん……。それ、もしかしたらおれかもしれない」

「何だって？」

紳士は目を丸くした。「君の知り合いなのか？」

「そうじゃないよ」

と、男は首を振って、「おれ、たまたま通りかかったんだ。そしたら酔っ払いが何か大声出してる。――何だろう、と思って見たら、野良猫をいじめてたんだ。木の枝で叩いたりけとばしたり。何だか『課長の奴め！』とか怒鳴って、会社でいやなことがあったんで、猫に八つ当りしてたらしい。弱いものに当るなんてひどいじゃないか！　頭に来て、そいつを突き飛ばしてやったら、川に落っこっちゃったんだ。でも、そいつ、猫を川へ投げ捨てようとしてたんだよ」

男は申し訳なさそうに、「ごめんね。でもそいつも死ななくて良かった」

紳士はしばらく黙っていたが、

「――人に恨まれる人間じゃない、か。分らんものだな。いや、君のしたことは正しい。私だってそうしただろう」

「そう？　ホッとしたよ」

「大して深い川じゃなかったが、風邪くらいはひいたかもしれないな」

紳士はため息をついて、「猫を殺そうとする、なんてひどい話だ。そんなことまでは、名探偵も考えが及ばないよ」

そして不機嫌そうに言った。

「もっと普通の殺人事件は起らないのか！」

非行中年

Kanransha

Akagawa Jiro
Short Short OUKOKU

やっと四階まで上り切ると、校長はしばらく足を止めて動かなかった。息が切れて、歩けなかったのである。

「先生、大丈夫ですか？」

迎えに出て来たのは、校長の秘書智子《ともこ》だった。

「エレベーターもないのか！」

と、高井《たかい》校長は、ハアハアと喘ぎつつ言った。「前もって調べておけ！」

「申し訳ありません。こんなに古い建物だと思わなかったものですから……」

「ともかく……どこかでひと息つかんと」

「こちらに控室が」

智子が高井を案内したのは、元は教室だったと見える部屋で、寒々とした中に、古びた

机と椅子があるだけだった。そして、

「寒いぞ。窓は閉ってるのか」

「はい。ただ、古くてきっちり閉らないんです。あの――熱いお茶を」

「もう時間だろう」

「はあ。お客様はもう入っておられますが、五分ぐらいは遅れても……」

「いや、校長が遅刻してはみっともない」

それでも、高井は智子の出したお茶を少し飲んでから、息をついて、

「今日のテーマは、〈非行少年の更生と指導〉だったな」

「はい。いつものお話で……。プロジェクターで映すスライドも用意してあります」

「そうか」

高井は、ちょっと声を小さくして、「知ってるのか」

「あの……。はい、ネットに出ていると、同僚の子が……」

「誰があんなものを」

「私にも分りません。もちろん、でたらめだと言っておきました」

いや、でたらめではなかった。〈校長先生が可愛い秘書と真昼の密会〉というニュースはネットで流れ、もう止められなかった。

「知ってる。朝食のとき、口もきかなかった。息子の一郎《いちろう》の奴もだ」

「まあ……。でも、その内、みんな忘れますわ」

「だといいが……。行くか」

校長同士で親しい高校の父母会に頼まれての講演会だった。控室を出ると、智子が、

「あの……」

と、口ごもって、「ネットのことが、もうお客様の間にも」

「知ってるのか、みんな？」

「はい。ヒソヒソ話しているのが耳に入って……」

高井は開き直ることにした。「何もなかった」ことにして、堂々としていればいい。

「お前は余計なことを言ってないだろうな」

「もちろんです」

「それならいい。それに、もう本当に終ったことなんだ。分ってるな」

智子は目を伏せて、小さく肯いた。

ここ一年ほど続いた智子との関係は、つい半月ほど前に終っていた。高井の方から別れると言い渡したのだ。

おとなしい智子は、文句ひとつ言わず、従った。

「――お待たせしました」

ガラッと戸を開けて、広めの教室へと入って行く。生徒数が減って、使わない教室がいくつもあるのだ。

四十人ほどの母親たちが出席していた。高井は、壇上に上り、マイクを持つと、簡単に自己紹介をしてから、

「本日のテーマは、〈非行少年の更生と指導〉であります。私は教師として三十年以上にわたり、思春期の子供たちに接して来ました」

と、いつもの慣れた話を始めた。「もちろん、そこには様々な問題があります。一口に〈非行〉と言いましても、その内容は色々です……」

話しながら、高井は、何だか客席の空気がおかしい、と思い始めた。話を聞いていない、というより、何かに気を取られて、中には忍び笑いしている母親もいる。

高井は、ちょっと不愉快になって、

「どうかしましたか？　ちゃんと話を聞いていただかないと……」

すると、前の方の席の母親が、

「字を間違えてらっしゃるので……」

と、指さしたのは、高井の後ろの白いスクリーンだった。

振り返った高井は、そこに講演のタイトルが映し出されているのを見た。だが――。

そこは、〈非行中年の遊びと浮気〉と出ていたのだ。

こらえ切れなくなった母親たちが一斉に笑った。

高井は真赤になって、

「皆さんは、ネットに出ているでたらめのニュースをご覧になったのでしょう。はっきり申し上げますが、あれは全く事実無根です！」

と、力をこめて言った。

すると――さらに客席がざわついた。

スクリーンを振り返った高井は愕然とした。

そこには、高井自身が、智子の肩を抱いてホテルから出て来たところが、はっきりと写真に撮られていたのである。

「何だ、これは……」

呻くように言った。「一体誰が――」

「あの――」

と、智子があわてたように、声を上げて、

「今日の講演会は中止とさせていただきます！　申し訳ありません！」

そう言われる前から、母親たちは次々に席を立って帰り始めていた。

怒って、というより、明らかに面白がって、話をしながら出て行く。

すぐに、教室は空っぽになった。

「――お前がやったんだな！」

と、高井は智子へと詰め寄った。

「違います！」

「じゃ、どうしてあんなものが画面に出るんだ！　お前が入力したんだろう！」

「でも――どうなったのか分らないんです。どこかで別のパソコンが入力していて、止められなくて」

と、智子が必死で言った。

「嘘をつけ！　俺に捨てられたのを恨んで、こんなことをしたんだな！」

高井はカッとなって手を上げた。智子が防ごうと両手で顔を守った。

「やめろ！」

と、声がした。「それでも教育者かよ！」

立っていたのは――息子の一郎だった。

「一郎……。お前、何してるんだ」

「僕がやったんだ」

「何だと？」

「父さんが浮気してることぐらい、僕も母さんも知ってたよ。そのくせ、非行少年がどうしたって、よく言えたもんだと腹が立ってたんだ。だから写真を撮って、ここでみんなに見てもらうことにしたんだ」

「お前……。父親に恥をかかせたな！」

「そうされても仕方ないことをやったじゃないか」

「俺は――父親だぞ！　大人は子供に分らない悩みがあるんだ！」

校長としての立場を考えたら、どうなるか。

「何てことをしたんだ！」

と、高井は一郎へつかみかかった。

「やめて下さい！」

智子が、高井にしがみついた。「一郎さんは私のために――」

「何だと？」

「私に同情してくれたんです。私、申し訳なくて」

「知ってたのか！　こいつ！」

高井が智子を突き飛ばした。智子は、窓にぶつかって、ガラスが割れた。

「何するんだ！」

一郎が高井を殴った。父親よりずっと体の大きな一郎の一撃は、高井を大きくよろめかせた。

「先生！」

智子が手を伸した。しかし、ガラスが割れた窓から、高井はなすすべもなく落下して行った。

「まあ……」

智子は窓から下を覗き込んで、「大丈夫、下にひさしが出てます。救急車を呼びます」

一郎は肩で息をして、

「親父が悪いんだ……」

と言った。「智子さん、ごめんね。勝手にこんなことして」

「いいえ。ありがとう」

と、智子は微笑んで、「〈非行中年〉って、うまい言い方ですね」

「だろ？　大人は勝手だな」

「私も大人ですから、何とも……」

と言ってから、「──今、思い付きましたわ」

「何を？」

「もう一つ、先生が飛び下りたんで、〈飛行中年〉って、どうでしょうね」

二人は笑った。笑うようなところではなかったかもしれないが、笑ったのである。

夜の動物園

Kanransha

Akagawa Jiro
Short Short OUKOKU

「おい……。もう飲めないよ……」

田中《たなか》は、モゴモゴと呟いた。

夢かうつつか、よく分らない状態だった。決して酒に弱くはないと思っているが、それでも、この夜ほど飲むことはめったになかった。

「勘弁してくれ……。これじゃ……家まで帰り着けないじゃないか……」

ちゃんとしゃべっているつもりだったが、実際には呻いているだけだった。

そして……。

冷たい水が一滴、顔に落ちて、田中は目を覚ました。

「冷てえな……。何だってんだ？」

目を開けると——そこは我が家ではなかった。

酔いつぶれて、よく眠ってしまう公園のベンチでもなかった。といって、駅のホームでもない。

そこは……何だか茂みに囲まれた場所で、どう見ても「外」だった。

やれやれ……。ついに道端で寝込んじまったのか？　このまいったら、ホームレスだな。

しかし、田中一郎《いちろう》には、勤め先もあり、家もあった。そう、これから帰ればいいのだ。

起き上って、プルプルッと頭を振ると、こういうことが起った。――目の前を、猿が通って行ったのである。

「――え？」

何だ、今のは？　幻か？

あれはかなり大きな――どう見てもオランウータンか何かだった。しかし、そんなものは、普通こんな表を歩いていないものだ。

どこかの檻《おり》に入っているか、ジャングルの木の上で眠っているか……。

「そうか」

立ち上って、田中は思い出した。ここは動物園だ！

酔って、数人で、もう閉園している動物園の前を通った。夜中だから、真暗だった。

そこで田中は、

「俺は動物園に入る!」

と言い張って、柵を乗り越え……。

あげくに、どこかの茂みで眠ってしまったのだろう。——何でまたこんなことを……。

しかし、それでも、たった今、大きな猿が目の前を通って行ったことの説明にはなっていない。

足を踏み出すと、確かにそこは動物園の中だ。もちろん真暗で静かだ。動物たちも眠っているのだろう。

気が付くと、〈管理棟〉という立て札のある建物に明りが点《つ》いていた。誰かが夜勤なのかな?

窓から覗いてみると——スイッチやパネルが並んでいて、その前に、あの猿が立っていた。そして、何と猿がパネルのボタンを押した。

明るくパネルが点灯し、猿がボタンを押して行くと、動物園の照明が次々に点いて行った。猿は明らかに、ボタンの役割を承知していた。

方々で、ガチャッ、バチッといった音がした。——何だこれは?

呆気に取られていると、ザッ、ザッと地面を踏む足音が聞こえた。人間にしては大きな音だ。

そして、道へ現われたのは——巨大な象だった。田中はあわてて立て札のかげに隠れた。

広場のようなスペースに、何と動物たちが集まって来たのだ。ライオンがいる。熊がいる。サイも、トナカイも……。

大変だ！　あの猿が、檻の鍵を開けてしまったのだろう。動物たちが逃げ出している！

それでも、田中には、これが現実とは思えなかった。——俺は夢を見てるのか？

あの猿が広場へやって来ると、言った。

「大丈夫だ。誰にも気付かれてない」

すると、象が、

「監視カメラは？」

と訊いた。

「ちゃんと静止画像にしたままになってる。抜かりはないよ」

と、猿が答えた。

「じゃ、みんな少しのんびりしようじゃないか」

象の言葉に、どの動物も伸び伸びとして、ウロウロと歩き回っている。

ライオンが突然駆け出した。風のように動物園の中を駆け巡る。

それに刺激されたように、ヒョウやトラも駆け出した。

「――いい気持だ！」

と、ライオンが息を弾ませて、「あんな狭い、作りものの岩山を一日中上り下りしてるんだからな！　ストレスがたまるぜ」

「ボクだって……」

と、コアラが言った。「一日二十時間も眠ってるって言われてるから、眠くもないのに寝たふりしなきゃなんない」

「それが可愛いってことになってるんだから、仕方ないだろ」

と、チンパンジーが言った。

「こんなところを見たら、人間はびっくりするだろうな」

と言ったのはサイだった。

「人間は、動物が学習するって分ってないからな」

と、ライオンが笑って、「毎日、人間がしゃべるのを聞いてるんだ。いい加減憶えちまうぜ」

「ああ！　じれってえな！」

と、チンパンジーが腕を振り回して、「一度人間たちを、びっくりさせてやろうぜ」

「まあ待て」

と、象が静かに言った。「ここで働いてる人間たちは、ずいぶんと気をつかってくれるし、食べものも工夫してくれてる」

「でも、俺、フォアグラが食いたいな」

「ぜいたく言うな」

——田中は、ポカンとして、動物たちの「会話」を聞いていた。

「だけどよ、人間なんて信用できないぜ」

と、ライオンが言った。「この前の戦争のときのことを忘れちゃいないだろ?」

「分っている」

と、象が言った。「爆撃で、逃げ出すといけないというので、動物は皆殺しにされた。人間は身勝手なもんだ」

「だから、今は平和で、人間たちも親切だが、油断しちゃならねえぞ」

と、ライオンが言った。「いざとなりゃ、また俺たちを殺すだろう」

「そんなことになったら、ここを出て、思い切り暴れてやるさ」

と、トラが楽しそうに言った。

「ちゃんと全国の動物園がネットで結ばれてる。一斉に逃走すりゃ、大パニックになるぜ」

と、チンパンジーが言った。

「今はまだその時じゃない」

と、象が言った。「しかし、人間は今でも戦争をしている。全く、愚かな生きものだ」

「しっかり様子を見てないとな」

――ズルズルと音がして、田中は肩に何かがのっかるのを感じた。

ヒョイと見ると――大蛇が田中の体に巻きついていた。

「ワーッ！」

と、思わず叫んでしまった。

そして、気が付くと、ライオンや象たちが田中を取り囲んでいた。

「見られたか。――生かしちゃおけないな」

と、ライオンが言った。

「やめてくれ！」

田中は腰が抜けて動けなかった。「このことは――誰にも言わない！　本当だよ！」

と、必死で訴えた。

「俺に任せろ」

ライオンの真赤な口がカーッと開いて、田中の目の前に――。

田中は気絶した。


「困ったもんですな」

動物園の職員が田中を見て苦々しげに、

「酔っ払って入り込むとは」

「すみません……」

しかし、田中はいくら叱られても大して気にならなかった。

ゆうべ目にしたことに比べたら……。

もちろん、田中は何も言わなかった。

話したところで、誰が信じてくれるだろう？

田中は何度も詫びて、動物園を出て行った。

それを、檻の中から、ライオンが見送っていた。

隣の檻のトラが、

「どうしてあいつを食わなかったんだ？」

と、ライオンに訊いた。

「あいつ、やたら脂肪が多かったんだ」

と、ライオンは言った。「糖尿病にゃなりたくないからな！」

招かない招き猫

Kanransha

Akagawa Jiro
Short Short OUKOKU

「そんなもので客が来りゃ、誰も苦労しねえよ」

と、鼻で笑ったのは商店会の会長、小田《おだ》だった。

もともと声が大きいので、小田が何か言うと、会合はパタッと静かになってしまう。

「まあ、会長、そう言うなよ。何もしないよりはましだろう」

小田をたしなめるように言ったのは、この商店会のメンバーでも一番年長の佐川《さがわ》だった。

小田も佐川には悪口を言えないので、渋い顔で黙ってしまった。

「どうも……」

和菓子店を経営している野崎久子《のざきひさこ》は、目で佐川の方へ感謝の気持を伝えて、「もちろん、気安めと言われればその通りかもしれないんですけど、この招き猫はとても古いもので、これまで何軒ものお店を救ってくれたと……」

「好きにすりゃいいさ」

と、小田は遮るように言って、「それより、ここは一つ、金山《かなやま》先生に頼るのが近道だと思う。どうだ？」

集まった商店主たちの間に、「やっぱり」といった空気が流れた。

「しかしね」

と、佐川が口を開いて、「そういつも金山さん頼りじゃ、結局同じことになるんじゃないかね？」

「だからって、他にいい手があるのか？　あったら言ってみてくれ」

それを話し合うために集まってるんだろ。――みんなそう思っているのだが、小田に逆らうと後が怖い。

「じゃ、いいんだな」

と、小田は冷めたお茶を一口飲んで、「ケチしないで、ビールの一本でも出しゃいいんだ！　じゃ、今日はこれまで」

さっさと立って部屋を出て行く。

他の面々も、無言のまま、一人ずつ出て行った。――残った野崎久子と佐川は顔を見合せて、ため息をついた。

「小田さんにも困ったもんだ」

と、佐川は首を振って、「何でも思い通りになると思ってるんだからな」

「そうですね……。またお金を集めることに……」

「そうなるだろうね」

「佐川さんが会長でいらしたころは、そんなこと、なかったのに」

佐川は心臓の病気で倒れ、今はやる気のない息子に店を任せていた。だから、会合に出ても強く意見を言うことができなかったのである。

「じゃ、どうも」

久子は持って来た招き猫を、大切に風呂敷でくるんで抱えると、佐川へ会釈した。


もともと、そうにぎわった商店街ではなかったが、このところ客足はさらに遠のいて、どの店も「このままじゃ閉店するしかない」という状況だった。

小田の言った「金山先生」というのは区議会議員で、この辺りの「顔役」だった。小田は、各商店から金を集めて、金山の事務所に寄付する。すると、金山が何か催し物や行事をするとき、この商店街の店を使ってくれるのだ。

しかし、その利益などわずかなもので、結局はマイナスになる。集めた金で、小田が金山と料亭に行ったりしていることも、みんな知っていた。

それでも、商店街全体が活気を失っていると、努力して工夫しようとも思わなくなってしまうのだ……。

「——どうぞよろしく」

朝、店を開けるとき、久子は店の入口に置いた招き猫に手を合せた。夫を二年前に亡くして、高校生の息子二人との暮しは苦しかった。

和菓子の大手から仕入れて売っているのだが、今はその大手から「切られそう」になっていた。

「時間だわ」

開店時間はちゃんと守らなくては。——カーテンを開けて、久子は目を疑った。人が何人も立っていたのだ。

ガラス戸を開けて、

「あの——何かあったんですか?」

と訊くと、

「買いに来たんだよ。ここの〈わらびもち〉が旨いってね」

ワッと店の中に客が入って来た。面食らった久子は、さらにびっくりすることになった。

外へ出てみると、何と数十メートルも行列ができていたのだ！

「おい、早くしてくれ！」

客の声に、あわてて久子は、

「はい、ただいま！」

と、店の中へ戻った。


もちろん、猫が客を呼んだというわけではない。

たまたま、ひと月ほど前、この店で〈わらびもち〉を買った作家が、出演したラジオ番組で話したのだ。——〈わらびもち〉はアッという間に売り切れ、久子は追加の仕入れをくり返さなくてはならなかった……。

そんなブームは一日二日で終るかと思っていたが、品切れになった〈わらびもち〉の代りに他の菓子を買って帰った客が、気に入って、また来店したのだ。

その内、雑誌が取材に来たりして、久子はアルバイトの女店員を雇うことになった。


「何だっていうんだ！」

小田は八つ当りした。「招き猫のおかげだと？　たまたま運が良かっただけだ」

商店会の会合には、久子は忙しくて出席していなかった。

「それだけじゃないよ」

と、佐川が言った。「野崎さんはいつも店をきれいにしている。毎朝早く起きて、ショーケースもピカピカにする。少しでも古くなった品は、損をしても決して売らない。そういうことの積み重ねで、お客がつくんだよ」

小田は仏頂面《ぶっちょうづら》で黙ってしまった。

「うちも招き猫を置くことにしたよ」

と、一人が言うと、他の面々も同様で、会合は久々に笑いに包まれた。

——その夜、久子は店のガラス戸が割れる音で、びっくりして目を覚ました。

急いで飛び出すと、ガラス戸が割られ、招き猫が粉々に砕かれていた。


「小田さん」

久子は、小田の経営する食料品店へやって来て言った。「お宅も招き猫を？」

「ああ、あんたの所にあやかろうと思ってな。——何でも、この辺の不良連中がひどいことをして行ったらしいな。災難だったね」

と、小田は言った。

「粉々にされてた招き猫は、真新しくて、うちのじゃなかったんです」

「そうなのか？　妙なことだな」

「お宅で飾ってあるのを見せて下さい」

「冗談じゃない！　あんた、俺が盗んだとでも言うつもりか？」

と、小田は怒鳴った。「因縁をつけるのはやめてもらおう。俺にゃ金山先生がついてるんだ」

久子は唇をかんでいたが、黙って引き上げた。

「ふん、今度はこっちが客を招《よ》んでもらう番だ」

と、小田は呟いた。

しかし——少なくとも一日目はご利益はないようだった。

いつも通り、パッとしない売れ行きで夜になり、

「しょうがねえ、閉めるか」

と、小田は欠伸しながら店のシャッターを下ろそうとした。

すると——店の向いに停っていた車に、もう八十歳は軽く超えていると見える老人が乗り込んで、エンジンをかけた。

そして……。

「車がバックするとは思わなかったんですよ」

と、老人は頭をひねって、「おかしいな……。ちゃんと前に進むはずだったのに」

バックし始めて、すぐブレーキを踏めば良かったのだが、「こんなはずはない」と思っている内に、車は小田の店先へと突っ込んでしまったのだ。

店の奥までめちゃくちゃになり、小田も大けがをして入院した。

「――とんでもないことに」

と、久子は小田の店のひどい有様を見て言った。

「うん。招き猫も、たまには客以外のものも招いてしまうようだね」

と、佐川が言った。

そのとき、どこかで猫の鳴く声が聞こえた。

久子には、招き猫が、

「私のせいじゃないわよ！」

と言っているように聞こえた。

遅れてきた花婿

Kanransha

Akagawa Jiro
Short Short OUKOKU

気に食わない！

そうだ。俺は全く気に食わないぞ！

山内《やまうち》は腕組みして、心の中で大声で怒鳴っていた。――俺は気に食わないぞ！

「あなた」

隣の妻の敏子《としこ》が、肘《ひじ》で山内の脇腹をつついた。「そんな不機嫌な顔して、あちら様に失礼でしょ」

と、抑えた声で言う。

「もともとこういう顔だ」

と言い返してそっぽを向く山内に、敏子がため息をついた。

控室のドアが開いて、式場の担当の女性が顔を出すと、

「恐れ入ります。今少しお待ち下さい」

と早口に言って、また行ってしまう。

「どうなってるんだ？」

という声が、控室の面々の間に行き交った。

山内としては、遅れるのは一向に構わない。何なら、このままずーっと遅れて、取り止《や》めになってしまえばいいくらいだ。

全く！　どうなってるんだ！

二十七年も、手塩《てしお》にかけて育てて来た娘、美知子《みちこ》。可愛くて、明るくて、誰からも好かれる美知子。

俺とよく似て——ということは、まあ映画スターかと思われるほどは美人ではなかったが、それでも笑顔の愛くるしさは、小さいころから評判だった。そして、一応世間に名の知れた大学を卒業。

大人になった美知子と、親子三人、温泉にでも行って、酒を飲もう——と思っていたのに……。あの夜、美知子が、

「お父さんに紹介したい人がいるの」

と、突然言い出したとき、山内は絶望のどん底に突き落とされたのである。

しかも、敏子は半年も前から、その男のことを知っていたという。――裏切り者め！

山内の耳に入ったとき、すでにこの結婚式場は予約され、準備は着々と進んでいたのである。山内が不機嫌になるのも当然のことだろう。

すると――再びドアが開いて、担当の女性が現われると、

「大変申し訳ありません」

と言った。「あの――ご新郎様のご到着が遅れておりまして……。今しばらくお待ち下さい」


「あんな奴でいいのか」

と、山内は周囲に聞こえる声で言った。

「あなた、やめて」

と、敏子が眉をひそめる。

しかし、文句を言っても不当には当るまい。

新郎はこの式場に来るのに、電車の乗り換えを間違えて、とんでもない方へ行ってしまったのだという。

式は約四十分遅れて始まったが、駆けつけて来た花婿は汗だくで、ハアハア喘ぎながら

読み上げる誓いの言葉はほとんど聞き取れなかった……。

披露宴になって、やっと花婿花嫁も落ちついたが、少しするとお色直しで二人とも退席する。

「先が思いやられる」

と、山内は言って、日本酒を空けた。

「あなた。あんまり飲まないで」

と、敏子がつつく。「そんなに強くないんだから」

「大丈夫だ。一人娘の結婚披露宴だぞ。酔ったりするもんか」

と言って、山内はボーイに、「おい、日本酒だ」

と注文した。

酔わないって？　冗談じゃない。酔ってでもいなきゃ、可愛い娘がどこの馬の骨か分らない奴にかっさらわれるのを、黙って見ていられるもんか！

「おい、もう一杯！」

と、山内は空になったグラスを持ち上げて言った。

長たらしいスピーチだの、下手な歌だのが、山内の耳をかすめて行った。

さすがに、「少し飲み過ぎたかな」と思った。

「ちょっとトイレに行って来る」

と、敏子に言って席を立つと、フラッとよろけた。

「あなた！　大丈夫？」

「何ともない！　心配するな。すぐ戻って来る」

山内はそう言って、会場を出たが……。

うん？　トイレはどこだ？

ぼんやりとかすんだ視界に、トイレのマークは見えなかった。

フラフラと歩く内、エスカレーターで一階下りると、トイレがあった。

やれやれ……。トイレぐらい分りやすい所に作っとけよ。

山内は男性化粧室の仕切りの中に入ると、戸を閉め、便座に腰をおろした。少し座っていれば酔いもさめるだろうと思ったのである。

全く……。こんな目にあうとは。

思い出すのは、幼稚園や小学校の美知子の姿ばかりだった。どうして子供はいつまでも子供のままでいてくれないのだろう……。

「美知子……」

いつまでも、ずっとお父さんと一緒にいるよ、と小学生のときに言ってくれたじゃないか。

忘れてしまったか？　俺は憶えているぞ。あれはついこの間のことだ。

そう。つい一年前……。いや、ほんのひと月ぐらい前だ……。

「美知子……」

フッと体が揺れて、山内は目を覚ました。

「――眠っちまったのか」

ほんの一、二分だろう。それでも大分酔いは覚めたようだ。

トイレを出ると、エスカレーターで上の階へ。――どこだ？

「ああ、ここか」

と、会場のドアを開ける。

会場が、一瞬静まり返った。――みんなの視線が、山内に集中していた。

「――あなた！」

と、敏子が駆け寄って来た。「どこに行ってたの！」

「何だ。トイレに行くと言ってっただろう」

「いなかったじゃないの！　みんな大騒ぎだったのよ！」

「しかし……一階下のトイレに……」

「一時間も、何してたの！」

山内は愕然とした。――一時間だって？

そんなに長く眠ってたのか。

「お父さん……」

美知子が、カクテルドレスでやって来ると、

「私が結婚するのに反対してたから、どうかしちゃったのかと……」

美知子は泣いていた。

「そんなことは……。いや、そうじゃないんだ！」

静まり返った会場を、山内は見回した。

俺は何をしでかしたんだ？

すると、花婿が立ってやって来た。

そして、美知子の肩を抱くと、

「お父さんは気をつかってくれたんだよ」

と言った。「そうなんですね」

と、山内を見る。

山内が戸惑っていると、花婿は続けて、

「僕が、式に遅れるという信じられないようなドジをやってしまったので、その分、ご自分も姿を消してやろうと思われたんだよ」

「あなた……」

美知子は涙を拭うと、花婿の体をしっかりと抱いた。

——山内はちょっと頭を振って、

「すまなかった。そういうことにしておいてくれるか」

と言った。

「ええ、いいわ」

と、美知子は泣き笑いの顔になって、「私の結婚相手と仲良くしてね」

「ああ。——そうしよう」

山内は手を差し出して、花婿と固く握手をすると、言った。

「ところで、君、何という名前だったかな?」

孤独な魔法使い	2020年140号	5627	ショーン
自宅待機の名探偵	2020年141号	3765	矢口アキラ
にぎやかな図書館	2020年142号	4274	赤毛のアン
名探偵よりも犯人になりたい	2020年143号	5641	ナナハ
名探偵は入れ替わる	2021年144号	3724	海堂夏目
話を聴かない刑事	2021年145号	5686	みみまる
出さなかった手紙	2021年146号	4981	双子の妹
三人の死神	2021年147号	5689	USB
世界一の平和戦争	2022年148号	5254	本間　仁
名探偵はご立腹	2022年149号	5589	すみこ
非行中年	2022年150号	4007	大石順子
夜の動物園	2022年151号	5627	ショーン
招かない招き猫	2023年152号	5245	マッキー
遅れてきた花婿	2023年153号	2052	金田一光彦

『観覧車』赤川次郎ショートショート王国　初出誌

「三毛猫ホームズの事件簿」（赤川次郎ファンクラブ会誌）で、
会員の方から募集したタイトルに、著者が書き下ろしたショートショートです。
以下は、タイトル・掲載年・号数・会員ナンバー・ペンネーム（敬称略）の順です。

ある日のデパート	2016年127号	5503	奥山夏帆
大きな落とし物	2017年128号	109	みーか
謎の老人	2017年129号	4812	しんちゃん
真夜中の遊園地	2017年130号	5503	なっつ
真冬の夜の夢	2017年131号	4890	西岡夕佳理
猫カフェの初夢	2018年132号	5245	マッキー
偶然の過去	2018年133号	4387	ハルルといっしょ
猫の忘れ物	2018年134号	5245	松木　優
死者からのスコア（楽譜）	2018年135号	5539	辻井直樹
過去からの招待状	2019年136号	5302	山さん
伝説の老眼バンド	2019年137号	5567	ちゃーぼー
いつもと違う日曜日	2019年138号	109	みーか
おとぎ話の忘れ物	2019年139号	5589	すみこ

赤川次郎ファン・クラブ

三毛猫ホームズと仲間たち

入会のご案内

会員特典

★会誌「三毛猫ホームズの事件簿」(年4回発行)
会誌の内容は、会員だけが読めるショートショート(肉筆原稿を掲載)、赤川先生の近況報告、先生への質問コーナーなど盛りだくさん。

★ファンの集いを開催
毎年、ファンの集いを開催。記念写真の撮影、サイン会など、先生と直接お話しできる数少ない機会です。

★「赤川次郎全作品リスト」
600冊を超える著作を検索できる目録を毎年7月に更新。ファン必携のリストです。

ご入会希望の方は、必ず封書で、〒、住所、氏名を明記の上、82円切手1枚を同封し、下記までお送りください。(個人情報は、規定により本来の目的以外に使用せず大切に扱わせていただきます)

〒112-8011
東京都文京区音羽1-16-6
(株)光文社　文庫編集部内
「赤川次郎F・Cに入りたい」係

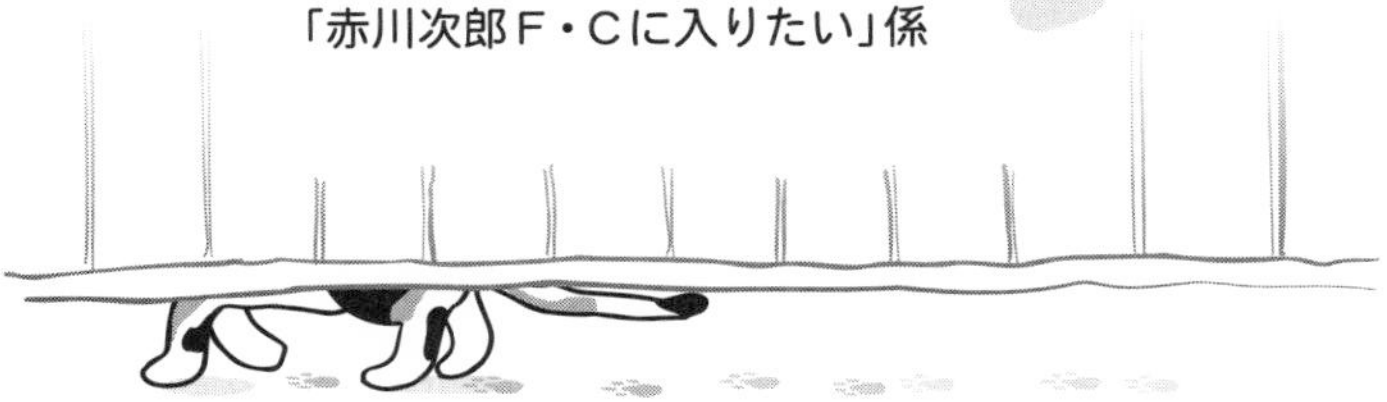

赤川次郎（あかがわ・じろう）

1948年、福岡県生まれ。『幽霊列車』で第15回オール讀物推理小説新人賞、『悪妻に捧げるレクイエム』で第7回角川小説賞を受賞。著作は640冊を超え、ミステリー小説を中心に、その創作活動は多岐にわたる。2005年には、第9回日本ミステリー文学大賞を受賞。2016年、『東京零年』で第50回吉川英治文学賞を受賞。

観覧車《かんらんしゃ》　赤川次郎《あかがわじろう》ショートショート王国《おうこく》

2023年11月30日　初版１刷発行

著　者　赤川次郎《あかがわじろう》
発行者　三宅貴久
発行所　株式会社 光文社
〒112-8011　東京都文京区音羽1-16-6
電話　編　集　部　03-5395-8149
書籍販売部　03-5395-8116
業　務　部　03-5395-8125
URL　光　文　社　http://www.kobunsha.com/

組　版　萩原印刷
印刷所　萩原印刷
製本所　ナショナル製本

ISBN978-4-334-10140-4